U'Yara, rainha amazona

Margarida Patriota

ilustrações Juliana Bollini

Coleção Jabuti

1.ª edição
2020

Editora Saraiva

Gerente editorial executivo: ROGÉRIO CARLOS GASTALDO DE OLIVEIRA
Editora: KANDY SARAIVA
Coordenação editorial: TODOTIPO EDITORIAL
Preparação de texto: MARINA SILVA RUIVO
Assistentes editoriais: ISADORA PROSPERO / AMANDA LASSAK / FLÁVIA ZAMBON
Auxiliar editorial: PATRÍCIA PELLISON
Produtor editorial: ELCYR OLIVEIRA
Suplemento de atividades: MARINA SILVA RUIVO
Coordenação de revisão: FERNANDA ALMEIDA UMILE
Revisão: LEONARDO ORTIZ / GIOVANA BOMENTRE
Produtor gráfico: ROGÉRIO STRELCIUC
Projeto gráfico e capa: LEONARDO ORTIZ
Impressão e acabamento: GRÁFICA BUENO TEIXEIRA

Dados Internacionais de Catalogação na Publicação (CIP)

P341u

Patriota, Margarida
U'Yara, rainha amazona / Margarida Patriota ; ilustrado por Juliana Bollini. - São Paulo : Saraiva, 2015.
144 p. ; il. (Coleção Jabuti)

ISBN 978-85-02-22513-8

1. Literatura Juvenil. 2. Mito das amazonas - Brasil 3. Direitos humanos e de gênero I. Bollini, Juliana. II. Título. III. Série.

CDD: 028.5

Índice para catálogo sistemático
1. Literatura infantojuvenil 028.5

CAE: 571437
CL: 810256

4.ª tiragem

Editora Saraiva

Av. das Nações Unidas, 7221
CEP: 05425-902 – Pinheiros – São Paulo - SP
Tel: 4003-3061
www.coletivoleitor.com.br
atendimento@aticascipione.com.br

Para Joaquim Campelo Marques e
Kandy Saraiva, que apostaram...

1

– Aaaaaaaaaaaaaaaaaiiiii!!!!

O grito perfura o nevoeiro, assim como a flecha fende o ar. Racha o céu limpo, onde desbloqueado vagueia. Seguem gemidos dolorosos, insofridos. Um soluço de araponga. Um chilreio de inhambu.

Vista do céu, a bruma é uma campina coberta de geada. Do alto de um avião que a sobrevoasse, daria a impressão de vasta planície nevada, furada por pontas verdes de coníferas.

Neve? Coníferas? Aviões? Ilusões. Estamos muito antes da aviação. Passaram por pinheiros, castanheiras gigantes (medindo setenta, oitenta metros de altura), as copas frondosas ilhadas na neblina. A neve? Mero simulacro de manta d'água congelada, quando o que há é um vapor denso e compacto ocultando a selva que transpira, opulenta em húmus e calores.

O grito subiu fino e se esgotou. De onde veio?

Rastejam agora vozes soturnas – cavernosas, abafadas, contidas – por debaixo da camada de cerração. Sussurram em coro algo que soa como um *mlhr* gelatinoso e contínuo. Seriam vozes de almas penadas? De fantasmas ou entidades do outro mundo?

– Mlhr, mlhr, mlhr...

O coro repete sem parar um vocábulo composto de um *m* arrastado, carregado e bovino, seguido de um *lhr* forte. A repetição se desenvolve num tom contrito e reverente, bem como ao ritmo de pés batendo no chão. Faz pensar na cantoria de algum culto religioso ou mesmo em rogos de um ritual sinistro.

– Mlhr, mlhr, mlhr...

A ladainha se prolonga enfadonha e cansativa.

Quando súbito cessa, o silêncio que se instaura se abastece de esperança.

A criatura que gemia arfa exausta e inofensiva. Arfa, até tornar a soltar outro grito lancinante:

– Aaaaaaaaaaaaaaaaaiiiii!!!!

– *Mlhr, mlhr, mlhr*!!!! – explode o coro em paroxismo.

Roçar de ramos, estalos de passos, murmúrios pasmos e aflitos.

É fim de noite, o céu clareia, o mocho ulula.

Acima do ponto em que a bruma esconde o rito, despontam manchas que balançam e oscilam. Enquanto balançam, traçam órbitas na nuvem branca que cobre a mata. De um teco-teco ali voando seria possível perceber que as manchas móveis se resumem a sombras de urubus.

Sempre houve morte na vida.

Desde os tempos remotos desta história, quando povos e existências se davam sem registros e viviam cúmplices com a floresta – com ela, para ela, para lhe dar razão de ser, para a seu turno poderem ser retribuídos.

Tempos em que os cartógrafos do Mundo Excelso, informados por astrólogos, geólogos, fisiólogos, teólogos (a culpa não era deles, e sim da civilização mal dirigida), confundiam nossos trópicos com o quinto dos infernos perdidos.

Chamavam de *tenebroso* o mar que nos circunda, tal como circunda as costas que descem da Groenlândia à Patagônia e o que mais desce pelos ermos marítimos que a ciência excelsa desconhecia.

Agora digam: quem estava longe de quem? Não era o Mundo Excelso que ficava nos confins? Verdade que lá os instruídos dominavam a escrita, enquanto a Tribo Og dos nossos trópicos ignorava por completo tal sistema de sinais, o que a desfavorecia. Então, castanheiras majestosas, erguendo-se a setenta, oitenta metros de altura;

ipês-roxos, pequizeiros, sapotis; tatupebas, tatus-bolas, sucuris; avencas delicadas, samambaias gigantes, orquídeas de matizes e debruns sutis – tudo isso era Mar de Trevas para os que escreviam no período.

Sob telhado de bruma a penumbra matinal é melancólica. Entristeceu-a o grito agudo que se esvaiu, levando embora Yuri'Ti.

A tribo sente que a rainha morreu, mas adia pôr à prova esse sentimento. Aproveita que o lusco-fusco tolhe a visão da maioria e a exime de saber a verdade. Tem quem chore e mal enxergue além de duas braças à frente. A milícia que protege o leito real hesita em se deslocar de onde está para confirmar o que houve. Por um longo e grave momento ninguém se mexe. Perguntas rápidas como o vento correm de boca em boca: "Yuri'Ti?! Yuri'Ti morreu? E a criança? Escapou? Se não escapou, como fica a dinastia?".

A Tribo Og, que pertenceu à região hoje correspondente à Amazônia, nunca foi evoluída. Não chegou perto de reunir os conhecimentos que os incas, os maias e os astecas acumularam em suas paragens, nem legou ao futuro monumentos que ainda perduram e deleitam turistas do mundo inteiro. Não significa que seja desimportante. Tanto não, que foi graças a um destacamento de guerreiras ogas que o explorador espanhol Francisco de Orellana caiu do cavalo, por assim dizer, ao subir o rio Amazonas no ano de Cristo de 1541.

Caiu de tolice, convenhamos, pois, na época das Grandes Descobertas, quem partia de caravela rumo ao Mar de Trevas estava no mínimo disposto a levar uns sustos. Encontrar guerreiras de lança e seta em riste numa selva tida por desabitada chacoalhou o cara-pálida? Não foi menor o susto que ele pregou nas guerreiras ao se embrenhar em mata alheia disparando tiros de arcabuz.

Vale que nossa história se passa bem antes. Voltemos a ela e às ogas e ogos que amanheceram cantando *mlhr* em meio à bruma.

O sol recente aquece a atmosfera e dissolve a névoa.

A tribo oguiana percebe no céu os urubus.

Limpa-se o contorno da capoeira, cujo núcleo apenas permanece envolto em neblina. Ainda assim, esta aos poucos se dilui, expondo à vista a falecida.

Era comum, então, ogas morrerem ao dar à luz.

O corpo inerte jaz num leito de folhagem rodeado de bromélias. Emociona os que contemplam sua rigidez exposta e isenta de dor. O parteiro, que estava de cócoras, nesse momento se levanta, tendo nas mãos um bebê.

– *Mlhr*! – anuncia, erguendo-o.

– *Mlhr*! – exclama a tribo, em rasgos de choro e alegria.

A menina prometida vingou; a mãe se consumiu.

Jeni'Pap, agora viúvo, é autorizado a transpor o anel de bromélias para se despedir da mulher. De cabeça baixa, ajoelha-se ao pé do corpo. Fita-lhe o rosto com um misto de saudade, compaixão, desespero e autopiedade. Amaram-se, apesar das dificuldades no permeio. Ao ponto de, por um instante, desejar se juntar à amada no Além. Quisera ao menos beijar-lhe a testa, mas as normas do rito vedam, nas circunstâncias. O parteiro determina que se afaste, a fim de que uns serventes se aproximem e comecem a recobrir a morta com os chumaços de palha que trazem nuns cestos e que, estalando de secos, alimentarão a fogueira.

Chumaço sobre chumaço de palha, os serventes camuflam a inanimada. Ateiam fogo no monturo em que se transformou. Manda a tradição que a líder oga seja cremada, a fim de que suas cinzas virem flor de mururu.

– *Mlhr*! – repete o parteiro, levantando os braços para melhor mostrar o bebê.

– *Mlhr*! – celebra a tribo, grito atroando na selva.

As chamas queimam a extinta. Jeni'Pap engole soluços.

No céu, os urubus descrevem círculos, sem perceber que foram logrados. Afinal são urubus, seres limitados e incapazes de avaliar que a cremação de Yuri'Ti a impede de virar carniça.

Enquanto o fogo crepita, ogas e ogos voltam para a vida.

Pela lei maior, o pai da sucessora pode segurá-la nos braços até o parteiro eliminar das mãos os vestígios de sangue real, inclusive do que coagulou sob as unhas.

Jeni'Pap torce para que tal eliminação demore. Sorrindo para a filha, diz para si mesmo: "A beleza do pai e a inteligência da mãe!". Admira a expressão alerta da pequena. Delicia-se em apertá-la contra o peito, para horror do parteiro, que o observa. "Ora, vai me ensinar?", resmunga, desconsiderando as instruções que o outro dá.

A pele da menina reluz marrom-grená. No crânio miúdo cintila uma penugem de reflexos ruivos. Os olhos são amendoados e oblíquos. Inspecionando-os, Jeni'Pap se adverte: "Cá comigo não a vi chorar". Vira-se então para o parteiro e indaga:

– *Md*?

– *N*! – nega o parteiro com veemência. – *Mlhr*! *N md*! – certifica.

Jeni'Pap, aliviado, torna a estreitar a filha.

Assim correu o nascimento de U'Yara.

U'Yara Og, rainha amazona, na aurora primitiva em que o nevoeiro se estendia sobre a selva tropical. No ano em que o Mundo Excelso transformava o norte da África em sua província. Na era dos falares oguianos estritamente consonantais. No instante em que sua mãe morreu e ela vingou, garantindo a continuidade do matriarcado oguiano, bem como dando segurança ao pai.

Pois dali em diante, Jeni'Pap poderá descansar. Atormentado durante anos por fecundar Yuri'Ti com mera estirpe de natimortos varões – sempre ameaçado, em função disso, de ser sacrificado aos trovões –, acaba de perder a amada, é verdade, mas, como prêmio por gerar U'Yara, acaba de ganhar também sossego e paz.

Adeus doses amargas de catuaba, ministradas por funil em noites de marasmo. Doravante dormirá sem medo de que o atirem aos teiús das várzeas. As regalias não param aí. Pai de rainha, ele agora pode colher frutas de qualquer árvore; opinar cá e lá sobre o crescimento da herdeira; participar das reuniões sagradas, sem voto, é fato, mas com direito a se sentar, refletir e eventualmente falar, acompanhado de Kapi'Wa, sua capivara de estimação.

A filha é filha e não é muda. Jeni'Pap aperta-a com ganas de gritar: "O pai sou eu! O pai sou eu!". Quisera guardá-la no colo por mais tempo, embalá-la nos braços pelo resto do dia. Acontece que é homem de tino e sabe o preço de afrontar as convenções. Goste ou não, a higiene do parteiro terminou. Devolve-lhe a recém-nascida, para que seja entregue a Murumu'Xaua – oga poderosa e suprema, encarregada de criar futuras rainhas até que atinjam a maioridade.

Dado que o fogo reduziu Yuri'Ti a cinza, os urubus voam para as bandas onde agoniza uma suçuarana.

Murumu'Xaua é declarada regente. Única irmã viva da rainha que morreu – irmã caçula, inclusive, conquanto parecesse a mais velha –, governará a tribo e educará a sucessora até que esta tenha na arcada dentária vinte e oito dentes permanentes.

O perfil nasal de Murumu apresenta uma protuberância óssea que magnetiza quem o fita. De frente, carrega um olhar viscoso, escrutador e arredio, cumulado de vesguice. A boca se resume a um risco comprido. Afirma ter sido bonita na flor dos anos. O que afirma passa por verdade.

"Eis a menina pela qual esperamos", parece dizer o parteiro, que se curva reverente, no ato de lhe entregar U'Yara.

Murumu torce a boca com expressão de nojo. Pega a menina e a mantém afastada de si, como se segurasse uma caça recém-abatida e pingando sangue.

– *Mlhr*! – exclama, afetando regozijo com hábil hipocrisia.

– Trate-a com carinho – recomenda Jeni'Pap, desviando a face em que lhe rola uma lágrima.

Adoraria se incumbir pessoalmente da criação de U'Yara e não duvida de que o faria bem. Mas a lei de recuadas luas não permite que os viúvos eduquem as filhas. Futura rainha, nem pensar! Podem educar roedores de grãos e outros bichos.

Murumu pragueja no íntimo: *Xcrmnt*! A sobrinha não estava em seus planos. Tanto que momentos antes, enquanto a tribo em uníssono resmungava *mlhr* em meio à bruma, ela e as filhas pediam em surdina *hmn*. Desejavam o nascimento de um homem, contrariamente ao que deviam.

Torna a praguejar em pensamento: *Xcrmntdnç*! O que traduzido significa "Excremento de onça!", bicho que a megera detesta.

No local da fogueira as brasas murcham. Rastros de fumaça sobem e somem no céu. Jeni'Pap, sofrendo como nunca a perda da mulher, esconde o rosto nas mãos. Assim, também se poupa de ver o asco com que Murumu carrega U'Yara.

Nascimento e funeral chegam ao fim.

Murumu deixa a capoeira e se dirige para o rio onde dará banho na sobrinha. Acompanham-nas as filhas Mbutiá e Maka'Xera, réplicas das fealdades maternas, acrescidas de um grau de parvoíce que, a bem dizer, a mãe não tem.

Ser regente é insuficiente para certas ambições.

Caso um varão nascesse no contexto da morte de Yuri'Ti, Murumu'Xaua seria a número um na sucessão, visto que só mulheres governam os oguianos.

Ainda que o destino a privasse do varão desejado, um cordão umbilical prestativo poderia ter asfixiado U'Yara, permitindo que tia Murumu fosse rainha vitalícia no lugar de mera regente-por--enquanto. E, supondo que enquanto reinasse a matassem ou ela perdesse as faculdades mentais, sua primogênita Mbutiá a sucederia. Mbutiá, revelando-se estéril, isto é, notoriamente incapaz de engravidar, o trono passaria para Maka'Xera, cuja fertilidade certeira (parira Buld'Og, um rebento que durara poucas luas) manteria as Xauas no poder.

De maneira que, céleres e espontâneas como o relâmpago alumia, regente e filhas trocam olhares maliciosos logo que chegam à beira-rio.

– Na hora de enxaguar o nojinho – Murumu sugere entre dentes –, é deixar que o corpinho escorregue sem querer...

A correnteza cumpriria o resto, captam Mbutiá e Maka'Xera, faiscando inteligência. Com o rio levando U'Yara, maquinam ainda, o fiel Tiaf'Og tentaria em vão salvá-la e, para ninguém questionar a tentativa de socorro, aproveitaria o embalo e se afogaria também.

Murumu, mesmo descrente, aprova a maquinação. Não se cansa de ver como a simplicidade das filhas supera em inventiva sua lucidez. Pronta a autorizar que se convoque Tiaf'Og, eis que de repente muda de ideia e freia o ímpeto de Maka'Xera, que quer lhe arrebatar o bebê.

– Agora não – sussurra fanha –, além da tal maldição... O menino ali – aponta com o queixo – espia a gente.

Não longe delas, um menino regulando três verões brinca de empilhar gravetos. Trata-se de Mandi'Og ou Mandi, como o chamam, por ser o sobrenome Og, entre os oguianos, tão comum quanto um dia serão o Sousa e o Silva no Brasil. De incomum, Mandi tem os olhos furta-cor: ora pardo-oliva, ora cinza-jade, ora verde-musgo sarapintado de âmbar. Embora não passe de um menino de tenra idade e origem humilde, sua presença preocupa Murumu, que prefere agir com prudência.

– Com essa gente nunca se sabe. Repararam em como brinca olhando pra cá a três por dois?

– Tudo bem, esses teiús são mesmo perigosos – consente Maka'Xera, para quem *teiús* são os pés-rapados da tribo, sobretudo os do gênero masculino.

– Por mim, não vejo problema que um escorregão aconteça – retruca Mbutiá.

– Não na frente de testemunhas – encerra a mãe, pondo-se a esfregar, a molhar e a dar caldos no bebê como se limpasse um peixe a se debater.

Depois de resistir ao banho, U'Yara passa aos cuidados da ama de leite.

A Tribo Og não tem, nem nunca teve, a superstição do número treze. O treze ou o sete impressionam tanto esse povo quanto uma lesma ou uma cutia. Borboleta negra, grande ou pequena, tampouco os amedronta. Nem gato preto. Os medos irracionais estão relacionados às mulheres no mais das vezes, sendo antiga a crença de que afogá-las traz terríveis consequências. Acredita-se que afogar de dia uma oga – menina, moça ou velha – provoca a erupção de pústulas na tribo inteira. Se for de noite, o castigo recai apenas sobre o autor ou a autora do malfeito. O malfeitor ou a malfeitora, nesse caso, não prejudica pessoas inocentes. Em compensação, ganha no cóccix uma barbatana que lhe prejudica a locomoção e torna impraticável sentar, a não ser de banda. De modo que, além de Mandi espiando, crendices como essas inibiram Murumu no rio.

A importância feminina para ogos e ogas deriva de que a selva, conforme creem, foi criada pelas deusas Flora e Fauna (a rigor *Flr* e *Fn* na consonantal pronúncia deles). Flora e Fauna não só lhes distribuem as frutas e as caças de que necessitam, como decidem tudo o quanto lhes diz respeito. Princípio, meio e fim da Hileia (que para a Tribo Og equivale à própria Terra), são elas que regulam, cerceiam, determinam e fomentam a existência oguiana.

O culto às deusas, ao longo do tempo, fortaleceu as ogas e fragilizou os ogos. As primeiras acabaram se impondo como representantes de direito divino na selva, e os últimos, atribuindo às primeiras encantos que promovem grandes danos, acabaram lhes dedicando temor visceral e subserviência.

Antes de concluir que os ogos são uns tolos, vale se colocar na pele de um.

No estágio de evolução em que se encontram, carecem de autoestima e instrução, o que os priva de segurança no comportamento e na ação. Sem instrução e amor-próprio, um ogo coça uma oga sem pensar que pode inverter a situação. De resto, nem a oga pensa em coçar o ogo ou em ambos se coçarem ao mesmo tempo, para benefício mútuo. Não há dúvida de que o homem oguiano se atrasa nesse temor irrefletido dos poderes femininos. Atola-se no pântano da inércia, por puro medo de matar moscas (mosco ele mata, quando supõe que o inseto é macho...).

O ogo médio está tão habituado a se anular que não valoriza o que faz. Ao ser mordido na perna por um escorpião, morde o naco da carne lesada, chupa o veneno e o cospe fora, aplica unção de catuaba na ferida, bebe um chá de ervas dessas que o Mundo Excelso não tem igual, e no fim se cura, sendo o escorpião dos fracos. Apesar disso, em vez de se vangloriar de que venceu o lacrau, diz que as deusas o salvaram.

No berçário das samambaias, U'Yara mama.

A ama de leite amamentando-a canta *nn nnm* (nana neném), quando através da cortina de ramos surge Murumu.

– Vim ver como vai a filhinha da minha irmã – anuncia, exibindo os caninos de loba ao falar.

Decidiu cumprir da melhor maneira suas obrigações de regente, prevenindo-se de que um castigo de natureza superior a transforme em morcega trêfega.

– Vim gravar a insígnia no pezinho da herdeira – comunica, empunhando um espeto de pau com a ponta em brasa.

A ama recua horrorizada com a adoção de uma prática que ela julga tão cruel e dispensável quanto ultrapassada e fora de hora.

– J-já? – gagueja, protegendo U'Yara no volume dos braços.

– Já, pensa que ser rainha é fácil? – Murumu replica. E, pegando o pezinho da herdeira, pressiona na fina sola o espeto ardente.

– Valham-me! – grita a ama, no que a pequenina esgoela e se convulsiona. – Deusas minhas! – acrescenta, precipitando-se com tal urgência sobre a cumbuca de pasta balsâmica que quase a derruba.

– Aqui, meu amor! – espalha a pasta na queimadura.

– A meu ver isso piora – resmunga Murumu, saindo.

– Piora o ossão do teu nariz! – devolve a ama, numa indignada meia-voz.

Sopra a bolha no calcanhar do bebê.

Cultuar as deusas Flora e Fauna, dissemos, fortaleceu as ogas com o tempo.

Quando U'Yara nasce, elas estão com a força toda, isto é, com força demais para bom emprego. As mais fortes dentre as fortes conseguem, a um espirro, que ogos cumpram falsas leis, executem tarefas fúteis, exponham-se a riscos gratuitos.

Fortalecer com o tempo não quer dizer em um dia. O poderio das ogas não se impôs na tribo por geração espontânea. Nem graças somente a Flora e Fauna. Fatos, lendas, rainhas anteriores explicam a ordem vigente.

Antecedendo U'Yara sete gerações, uma jovem e um meninote escaparam por milagre de um surto de malária que dizimou a povoação Og. A jovem Yekiti'Ba (ou Grande Avó, para Murumu) escapou prenha, tanto que meses depois teve Kapu'Era (para Murumu, Grande Mãe). Anos mais tarde, Kapu'Era e o meninote crescido viveram nômades pela selva até encontrar a clareira onde se fixaram e tiveram prole. Mãe de vinte, exploradora e estudiosa tudo em uma, Kapu'Era escolheu a clareira onde se estabeleceu, pela beleza do lugar e por estar próxima a um rio, uma várzea e um seringal, entre outras coisas. Cabe qualificar Kapu'Era como estudiosa porque, observando com afinco a resina das seringueiras, descobriu a *brrch*, o *ltx*, a *gm* e outras substâncias que desde então facilitam a vida oguiana. Morreu centenária, rodeada de súditos e tendo restaurado a pedido das deusas a divisão original dos Ogs em amas e serventes. Sua sucessora Kari'Og (para Murumu, Grande Governante) dividiu os serventes em ativos e passivos, bem como instituiu o exército de defensoras da tribo. Kari'Bé e Kari'Tog promoveram a ordem e o crescimento populacional. Yaça'Nã sofisticou o artesanato e o protocolo. Yuri'Ti, por seus inventos no âmbito do vestuário, honrou o tino das ancestrais. A ela, que sucumbiu nas primeiras páginas deste relato, os ogos devem o uso de tangas e outros adereços corpóreos. Para resguardar as partes íntimas das ogas, inventou uns protetores de seios e umas calcinhas, cujo uso tornou obrigatório. Inventou prende-peitos e calcinhas rudimentares, bem entendido, elaborados com fibras vegetais embebidas no látex. De qualquer forma, invenção formidável para a época. Ou seja, a memória transmitida de oga em oga até a chegada de U'Yara só engloba heroínas com *status* de matriarcas.

Jeni'Pap metido pelas moitas de samambaia faz:

– Psst...!

Tipi'Og num sobressalto o reconhece.

Jeni'Pap espia de um lado, espia de outro, entra com cuidado no berçário.

– Ufa! – exclama, uma vez dentro. – Foi uma luta despistar as sentinelas. U'Yara como vai? – pergunta opresso e ofegante.

Sabe que, se Murumu o descobre ali, mandará cortar seus privilégios ou algum membro essencial de sua pessoa.

A ama de leite interrompe o aleitamento do bebê para dizer:

– Murumu aplicou a marca à queima-roupa no pezinho da coitada. A bichinha sofreu que nem. Por sorte é forte e se recupera rápido. – Olha à volta, certificando-se de que não há ninguém além deles no berçário. – Se te pegam aqui, já pensou?

– Se me pegam, estou frito – admite Jeni'Pap, acrescentando: – Acontece que no momento não corro perigo, porque Murumu, Mbutiá e Maka'Xera estão na várzea pedindo às deusas que diminuam as rugas delas.

– Tem certeza? – Tipi'Og alteia as sobrancelhas.

– Absoluta – torna Jeni'Pap. – Depois vão contar seringueiras para a abertura do inventário de Yuri'Ti. Posso dar um beijinho? – Sem esperar por resposta beija o cocuruto da filha.

– Quem diria...! – vira a ama intranquila. – No meu tempo de garota vocês ogos só podiam beijar sem licença cocuruto de capivara.

– Os tempos mudam, Tipi, e com U'Yara mudarão pra melhor – confia Jeni'Pap roçando a ponta dos dedos na penugem que reveste a cabeça da criança. – Quer ver como é bom? – Beija Tipi'Og na bochecha.

– Valham-me, Flora e Fauna! – Tipi brada esganiçada, esquecendo-se de abafar a voz, o que obriga Jeni'Pap a lhe tapar a boca com a mão.

Ai dele se o pegam no berçário, acusado de beijoqueiro. Murumu detesta beijos de qualquer espécie. Diz que perturbam a ordem social, causam epidemias e favorecem o nascimento de meninos, cujo número sempre cresce quando as manifestações de afeto são liberadas sem restrições. A regente sonha com um planejamento familiar que aumente a porção feminina da população.

Tipi'Og, num embaraço momentâneo, cruza os braços frente

ao rosto, largando nas coxas U'Yara solta e em equilíbrio precário. Jeni'Pap a apara, dizendo:

– Linda, não?

– Tua cara.

– Pior que é. Espero que não pague caro por isso.

– Conhecendo a antipatia de Murumu pelos Paps, não espere muito.

– Eu sei. Matava todos se pudesse. Aposta quanto que fará de tudo pra dar um golpe em favor de Mbutiá?

A ama de leite não aposta nem duvida.

– Os bebês mudam à medida que vão crescendo – pondera, disfarçando o pessimismo. – U'Yara daqui a um tempo pode se parecer com a mãe.

– Mudam, é verdade. Ninguém dava nada por você e olha agora...!

– Acha?

– Do fundo do coração.

– Quer se casar comigo, então?

Na cultura oguiana, um beijo seguido de galanteio obriga o ogo a se casar com a oga, se ela assim o desejar.

– Bem, tenho minha posição em que pensar...

– U'Yara gostaria, tenho pra mim.

– Não digo que não seja tentador.

– Preferiria não ter de te pedir duas vezes.

– Tudo bem. Murumu me aprovando, tudo bem. Não vejo a hora das nossas líderes descobrirem a importância dos pais na educação das filhas.

U'Yara arrota de satisfação.

II

Verões depois, perante o trono da regente.

– Bom dia, sobrinha.

A sobrinha ajoelha-se à terra, cruza os dedos das mãos roliças e responde:

– Bom dia, Murumu.

– Atrasada pra aula, hein? Não me venha com desculpas. Dormiu bem?

– Mais ou menos. Achei meio... péssimo dormir virada de cabeça pra baixo.

– Achou, né? Pois trate de não merecer mais castigos.

– Sim, *Mrm*, vou tratar.

– *M-r-m*. Pronuncie meu nome com clareza. Como pretende governar nesse desleixo? Ou te cuidas no devido tempo, ou ai do teu futuro!

– Sim, Murumu, vou cuidar.

– Não é cuidar dizendo, menina, é cuidar fazendo.

– Sim, regente, vou fazer.

– Faça. Quanto a mim, no cumprimento de minhas funções, dou-te a seguinte tarefa a cumprir, vejamos...

– Que tal eu pescar um peixe bem grande pra assar no moquém? – corta U'Yara, propondo.

– Não, não. Na pesca tens treino suficiente. Trata de me trazer, vejamos... Já sei! Trata de me trazer uma cascavel.

– Cascavel?

– Exato, por que o olhar de peixe morto?

– Casca velha de lagarta que virou borboleta?

– Pesquise, ora, não pense que eu vá responder. Estou aqui para formar, não pra facilitar. Traga-me uma cascavel até o cair da noite e ponto final.

– Morta ou viva?

– Pode ser morta.

– *Sm, snhr...*

– O quê?

– Sim, se-nho-ra.

– Melhorou.

U'Yara começa o dia recebendo aula particular.

Tem aula numa escola particularíssima, composta de uma professora e uma aluna. Murumu não a quer metida no sistema escolar da tribo com mestras e meninas comuns. Meninos não frequentam escolas. Não recebem instrução formal em caça, pesca, leis nem manejo de armas, pois as ogas entendem que eles servem para pouco mais que varrer choças, catar piolhos e arear tachos. Quem lê isso se espanta? Saiba, então, que arear tachos é atividade anterior à existência da palha de aço. *Arear* provém de *areia*; portanto, quem passa palha de aço em panela ou tacho a rigor não está areando e, sim, *açando*. Quanto aos piolhos, sempre incomodaram o couro cabeludo da espécie humana, bastando lembrar que os do Mundo Excelso, na época de que falamos, apelidavam-nos de *pediculus capitis*.

O método de ensino de Murumu consiste em dar tarefas e sermões.

Nos sermões, inculca na aluna a compreensão de que veio ao mundo na qualidade de Og Maior, isto é, na condição de portadora do sangue de Yekiti'Ba, Kapu'Era, Kari'Og, Kari'Bé, Kari'Tog, Yaça'Nã e Yuri'Ti nas veias. Não na condição de uma oga qualquer. "Ou te compenetras de que és superior por direito de nascença, ou jamais serás rainha que valha", arenga. "Se não tiveres estrutura pra isso, como parece que não tens, admita ao menos que a culpa é tua e não minha, entendeu?" Quando U'Yara falha em mostrar entendimento, a regente tonitrua lições do gênero: "*Dr lx sd lx*, minha cara! A lei é dura mas é lei! Ser rainha é padecer no paraíso! Ter privilégios e poder, sim, tanto quanto cumprir tarefas e deveres!".

Falar nesse tom é até normal para quem gosta. Anormal é usá-lo com uma criança de seis meses. Agora o espanto do leitor tem poltrona. Mal as vértebras de U'Yara se consolidaram e ela pôde se sentar sem encosto, Murumu a colocou diante do trono e começou a lhe pregar sermões, alegando que os bebês, antes mesmo de engatinhar, andar ou falar, gravam o que ouvem, e nada como tímpanos novos em folha para absorver ensinamentos.

Nos primeiros anos, amarrava U'Yara a um bloco de pedra que a impedia de escapulir e a sermoneava enquanto durasse a inspiração. A ouvinte, que mal podia virar a cabeça para os lados, cravava o olhar na regente como hoje assistiria a um desenho animado de televisão: parecendo compreender o enredo. Com quatro verões de idade, já conseguia ouvir aulas sentada no lugar, sem necessidade de estar amarrada a um peso. Murumu a adestrava, mandando-a cruzar e descruzar as pernas a um peteleco seu, ou mandando-a responder: "Entendi", quando perguntava: "Entendeu o que eu falei?". A partir dali, as exigências aumentaram em progressão geométrica.

Reverências complicadas eram a parte fácil das tarefas, dada a flexibilidade acrobática de U'Yara e seu pendor para imitar posturas. Caçar borboletas ou joaninhas representava a parte bela e divertida. Apanhar sapos, baratas, calangos ou escorpiões, para depois dissecar, era instigante, pela dificuldade de caçar os elementos, e desafiador, nojento e instrutivo, por ter de dissecá-los depois. Mesmo assim, a tarefa de trazer um bicho vivo era a mais ingrata de todas, pois se o bicho morresse no caminho Murumu a castigava.

Com seis verões nas costas, U'Yara desenvolveu alergia a sermão. Entre aturar lições maçantes, azucrinantes e sem substância, ou ser despachada para realizar tarefas árduas, preferia mil vezes a segunda opção. Nessa fase, Murumu introduziu uma novidade no ensino. Dizendo-se cansada dos bons-dias secos e maquinais com que a aluna a saudava de manhã, passou a exigir que recitasse na abertura das aulas:

Serei jovem destemida
De coragem inigualada
Cumpro ordens de Murumu
A reger predestinada.

Nos torneios vencerei
Outra não me fará frente
Nas batalhas mostrarei
A bravura da minha gente.

Serei justa com meu povo
Se chegar a governar
Não esquecendo que Murumu
Até lá irá mandar.

Incumbida de caçar a cascavel, U'Yara adentra a mata, atenta às raízes que espiralam no solo e às lianas que pendem dos ramos. Indo assim, de súbito para e se adverte: "Como vou achar uma cascavel, se nem sei como é?". Em apuro, gira o corpo sobre os calcanhares e se direciona para o taquaral de Jeni'Pap.

Jeni'Pap e Tipi'Og se casaram, logo depois que um ato da regente encerrou o período de amamentação de U'Yara. Esse período na tribo costuma durar três verões. Ogas e ogos mamam no peito mesmo quando já andam e falam. Acontece que, temendo o vínculo que um longo período de aleitamento cria entre lactente e nutriz, Murumu afastou U'Yara da influência da ama de leite mais cedo que o costume. "Massa de moldar tem de ser mole", justificou, "e nada de muitas mãos em cima."

Tipi'Og, durante o tempo em que amamentou a herdeira, o que não ultrapassou a duração de um verão e um outono tropicais, morou no berçário real. Do momento em que substituíram seu leite pela dieta de frutas e tubérculos, mandaram a ama embora da capoeira. Por mais que prometesse preparar a papa dos ingredientes citados com todo amor e dedicação, Murumu a exilou dizendo: "Mimo estraga as líderes". Mbutiá e Maka'Xera não só concordaram com a medida, como sugeriram proibir a ex-ama de circular em público com a ex-cria. Pelo serviço de amamentar U'Yara, bastava a lei facultar a Tipi'Og o direito de viver até morrer de morte espontânea, não premeditada por ogo ou oga. Poderia, por sua vez, desposar Jeni'Pap, cujos privilégios dinásticos seriam mantidos, desde que o casal morasse no desprestigiado taquaral da mata oeste e ficasse por lá.

– Querida! – exclama Tipi'Og, vendo chegar ao taquaral a menina do seu seio.

Levanta-se da esteira em que remanchava e troca com U'Yara um abraço forte. Em seguida, virando-se para o corredor que formam umas touceiras de bambus:

– Corre, Pap! Vem ver quem chegou!

As visitas de U'Yara alegram o taquaral.

Jeni'Pap aparece sem tardar, tendo na mão um pedaço de mandioca descascada. Ao ver a filha, atira longe a mandioca que começara a ralar em um ralador de dentadura de piranha.

– Meu amor, meu amorzinho, outra igual não há nãozinho! – celebra gingando o corpo, antes de abraçar U'Yara. Soltando-a, verifica: – O que foi que a megera fez dessa vez? – Pausa e investiga os olhos da filha. – Não me diga que te mandou levar uma cascavel?

U'Yara empina as sobrancelhas e derreia os beiços, no que a famosa intuição masculina a impressiona de mais a mais.

– Como foi que adivinhou?

– Outro dia não te mandou caçar uma lagosta, esse monstro lendário das grandes águas que uns dizem que tem pra lá da mata? – responde o pai. – Imaginei que agora te mandava enfrentar a serpente lendária da zona seca que dizem que tem pra lá da mata onde o Sol nasce.

– Serpente lendária da zona seca?

– Isso. Contam que fugiu da mata porque detesta umidade.

– Agora entendo... – fala U'Yara, meneando a cabeça. – Murumu quer que eu volte de mãos abanando pra poder me castigar.

– Como assim? Murumu te pediu *mesmo* uma cascavel?

– Viva ou morta, até o anoitecer.

– Valham-nos, Flora e Fauna! – grita Tipi, desabando na esteira.

Jeni'Pap arranca do peito um suspiro de desânimo.

– Há muito que as deusas se esqueceram da gente – observa. – Do contrário nossa regente não te faria de joguete como faz.

U'Yara o abraça com carinho. Vai à esteira e abraça Tipi. Daí diz:

– O mundo não acabou, gente. No final eu me viro e tudo dá certo.

– Te vira como? – pergunta Tipi, que responde: – Procurando uma cobra que não é da mata? Murumu explora tua ignorância, filha, pra poder te torturar.

– Além disso – pondera Jeni'Pap –, suponhamos que você cumpra a tarefa absurda que ela te impôs. Resolve o problema de hoje, não o de amanhã.

– Amanhã te dará uma nova tarefa impossível de realizar – completa Tipi.

– E lá irá você sozinha pela selva com apenas dez verões.

– Fosse guerreira feita já seria imprudente.

– Ih, gente, a coisa também não é nenhuma calamidade.

– É calamitoso sim – torna Jeni'Pap com o queixo trêmulo. – A coisa no pé em que vai acabará te quebrando uma hora dessas.

– Não se eu puder dar uns sopapos na peste – rebate Tipi'Og.

– Nem pensar – encerra Pap, cara de poucos amigos. – Vocês ogas têm mania de achar que a violência física resolve tudo.

– Às vezes é o único meio de resolver um descalabro – resmunga Tipi, levando Jeni'Pap a apartear com a filha:

– Essa aí, desde que só pode morrer de morte natural, precisa ver a valentia...

– Se é contra eu dar uns sopapos – segue Tipi, ignorando o aparte –, por que não damos à regente uma sopa de ervas venenosas?

– Não diga isso nem de brincadeira – Jeni'Pap admoesta e declara: – Só as deusas dão, mantêm, alongam ou encurtam a vida oguiana.

– Nesse caso – Tipi bufa à míngua de argumentos – resta cruzar os braços e assistir ao massacre de U'Yara. Aliás – dirige-se à criança –, como é que a peste anda te castigando?

– Me amarrando pelos pés num galho de árvore pra dormir de noite que nem bicho-preguiça.

– Valham-nos, Flora e Fauna! – rompe Pap, lacrimejando.

Então U'Yara se coloca na frente dele e abre a boca bem aberta, mantendo-a assim até dizer, a voz saindo da glote:

– Viu meus dentes? Faltam apenas oito permanentes pra eu atingir a maioridade. Aí – volta a falar normalmente – quero ver Murumu se meter comigo. Que tente me maltratar, enfio suco de Mbutiá e pirão de Maka'Xera no bucho dela, confiem em mim.

– Confiar em você a gente confia – murmura o pai. – Nas intenções da regente é que não.

Confiar numa professora que não aprende com a aluna? Ainda por cima lhe impinge trabalhos absurdos para fazer? Por que não lhe pede coisa do tipo um caracol na concha? Não. Sapeca-lhe trabalhos abusivos, tão perigosos e arbitrários quanto os que os deuses do Olimpo sapecavam em Hércules na Grécia antiga.

Murumu alega que não submete a teste uma oga qualquer para qualquer efeito. Submete a teste uma rainha. A postulante ao trono que se mostre à altura do cargo que irá exercer. Quer, isso sim, dar cabo da sobrinha, e quanto mais a considera um portento de resistência, mais teima em querer.

Logo que a aluna completa onze verões, deixa-a participar dos torneios de luta livre que são populares na tribo. Querendo vê-la pôr os bofes para fora numa luta, gaba-lhe a agilidade e a destreza, incentivando-a a enfrentar lutadoras experientes e graúdas.

– Se um murro a derrubasse aos olhos de todos seria o ideal – comenta com as filhas. – Não terei culpa. No máximo o Conselho da Tribo me repreenderá por tê-la introduzido cedo demais no corpo a corpo com guerreiras taludas e concluirá que sucumbiu porque perdeu da oponente.

Acontece que o ideal de Murumu perambula na estratosfera, longe de corresponder à realidade. U'Yara vence, uma a uma, as disputas. Quando não com bravura, com os truques que o pai lhe ensina em treinamentos clandestinos. Aplica aqui uma mordida; ali um espeta-olhos com dois dedos; acolá um tabefe de viés na maçã de eva de um pescoço... O resultado é tiro e queda: a adversária pede trégua. No encerramento de um torneio em que U'Yara arrasa com o estofo moral de cinco guardas, Murumu declara as lutas livres ilegais.

Como saída honrosa para a derrota, vinga-se de U'Yara castigando-a o quanto pode por descumprimento de deveres. Não é a vitória com que sonhou, já que a vítima suporta com galhardia as punições que lhe infligem. Mesmo assim, adora expedi-la em busca de algo estapafúrdio, pelo prazer de vê-la voltar de mãos vazias. Numa dessas em que questionou irônica: "Ah foi, não encontrou o homem-macaco que pedi?", e a insolente respondeu: "Não encontrei porque ele só existe na imaginação da senhora", lascou-lhe a palmatória em cima.

Na mata de igapó, as árvores entrelaçam as ramas, formando um teto de proteção solar. Raios de luz se infiltram esparsos pelos intervalos da ramagem e muitos são detidos pelas camadas do sub-bosque. Os que ultrapassam esse estágio batem a esmo num graveto, numa folha, na inflorescência de um antúrio. Enovelando-se de galho em galho, os cipós servem de poleiros para os símios.

As gradações do verde circundante vão do esmeralda ao jade, do vibrante translúcido ao fosco. Plantas parasitas sugam como ventosas caules revestidos de líquen.

Drupas de butiá se oferecem tentadoras ao paladar. U'Yara as dispensa, dizendo-se: "Não, obrigada, só o nome me enjoa". Adiante come umas castanhas e segue caminho, revolvendo no pensamento a seguinte a frase: "A cascavel, senhora, não habita a nossa mata".

Avança por vezes distraída, os pés vadios cá e lá afundando até os tornozelos no lodo, bem como em poças ocasionais. Mas no labirinto de cepos e frondes os passos sabem aonde vão.

Então, uma enorme castanheira domina a paisagem. O diâmetro do tronco iguala o de um pilão descomunal sobre o qual galhos grossos, sólidos e sinuosos sustentam uma copa imponente. As raízes se espraiam como os tentáculos de um polvo. A maior decresce em lombadas que configuram verdadeiros degraus ou prateleiras, antes de se enfiar na terra. A menor se estende reta como um banco e desaparece. Duas se juntam, formando um côncavo. De um lado do tronco, um entalhe natural configura um nicho de tamanho a abrigar um homem. Ali mora Mandi'Og.

Trata-se do menino que um dia, brincando à margem do rio, contribuiu para salvar U'Yara de ser largada à correnteza pelas que lhe davam o primeiro banho.

Não o vendo no nicho nem à volta, U'Yara chama:

– Ei, Mandi, cadê você?

– No mirante! – grita Mandi, do alto da árvore.

Por mirante, refere-se ao galho em forquilha no qual se empoleira para desdobrar visão ao longe como um pastor vigiando o rebanho da selva.

– Desce! – berra U'Yara.

O garoto desliza pelo cabo de um cipó com o garbo de um trapezista.

– Bora brincar na lagoa? – a menina convida.

– Murumu hoje não te deu tarefa? – vira Mandi, indagação estampada nos miolos das íris furta-cor com salpicos de âmbar.

– Tarefinha de nada – engana a outra, completando –, de tarde eu faço.

– Nesse caso...

Desatam a correr pelo solo lodacento, evitando com perícia colidir com as hastes que se interpõem no percurso. Por onde enveredam o terreno cede progressivamente em relação à lama que o alaga. Até que esta bate nas canelas e fica difícil correr.

No açaizal em que entraram, perlongam palmeiras de bases submersas, dispostas perto umas das outras. Param, por fim, ao alcançarem uma lagoa redonda e espelhada como moeda de prata à luz do Sol. Na superfície niquelada da água boiam grupos de vitórias-régias. U'Yara escolhe uma para ser sua canoa e sobe nela.

Mandi não fica atrás e sobe noutra. Com uma palma de juçara que achou flutuando, espadana a água e fala:

– Meu remo.

– Não estou brincando de remar.

– Está brincando de quê?

– De nada.

– Como se brinca?

– De barriga pra cima, olhando o céu.

– Vou ficar cego.

– Fecha os olhos e quem ficar mais tempo sem falar vence.

– Quem ficar menos tempo paga o pato.

– Falando assim ninguém vence.

– Tudo bem, não falo mais.

Ambos se calam e se largam sobre os tabuleiros das plantas aquáticas como sobre barcos à deriva na água remansosa. No contorno da lagoa, a vegetação que se debruça nela como se quisesse sorvê-la ameniza a inclemência do sol.

Apreciando a mistura de sol e sombra que a lambe, U'Yara comenta:

– Às vezes me dá vontade de ser jacaré.

Mandi, tostando a céu aberto, não se manifesta.

– Ouviu? – torna U'Yara de olhos fechados: – Queria ser um jacaré desses que vivem de molho no bem-bom da lagoa.

A pergunta e o comentário evanescem sem retorno.

– Morreu por acaso? – dispara ela, abrindo os olhos, para em seguida esticar o braço e jogar água em Mandi.

– Não – diz este. – Fiquei mais tempo sem falar que você.

Cansada de lagartear, U'Yara tira o prende-peitos de fibras tingidas, joga-o na vitória-régia e mergulha na água.

"Futuro peito", pensa Mandi, mergulhando sem medo de descolorir sua tanga (já desbotada) de filho de ogo e oga anônimos.

O par se diverte nadando, boiando, afundando, vindo à tona.

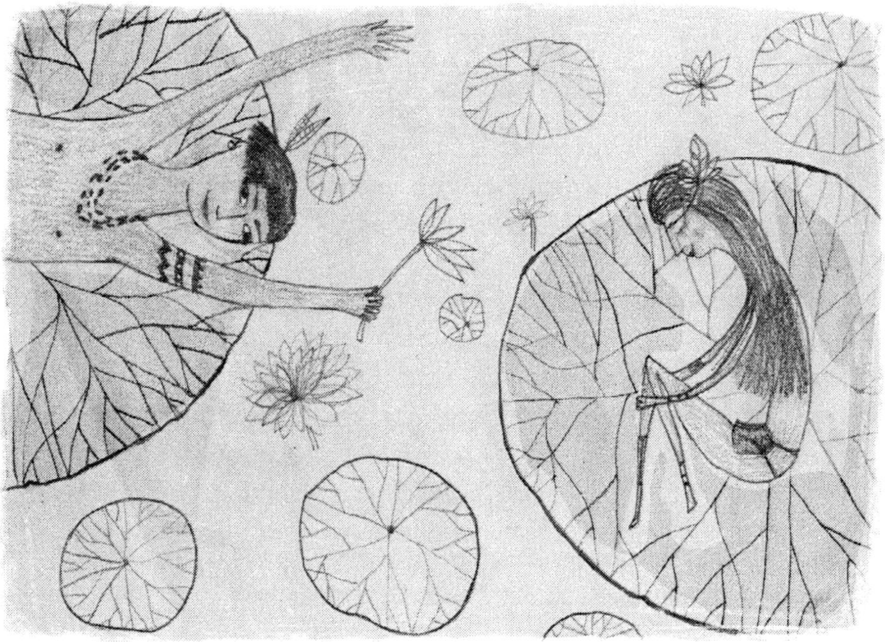

Ameaças submersas não os amedrontam, pois a lagoa é daquelas que a temporada das chuvas enche e a do estio esvazia, não contendo mais que algas e girinos.

U'Yara gosta de pensar que a lagoa lhes pertence. Afinal, até onde sabem, só eles a frequentam. Só eles a encaram como um recanto de paz e sossego. Eles e uma garça que se desgarrou do bando e pousou na vitória-régia do prende-peitos.

U'Yara admira a ave como se ela fosse a encarnação da elegância.

– Que tal fazer um desejo? – propõe.

– Vamos – Mandi topa.

A garça esvoaça como um fiapo de nuvem ambulante.

– Sabe qual foi meu desejo? Que a lagoa seja sempre nossa.

Mandi pensa um instante antes de falar:

– O meu é que você não mude quando for rainha.

– Não quer que eu cresça?

– Crescer, sim, mas sem engolir as tolices que Murumu te ensina.

U'Yara concorda com a cabeça, que ela em seguida joga para trás, molhando e alisando os cabelos. Sobe na ninfeácea que ela chama de sua *canoa*.

– Põe tolice no que a regente me ensina – desabafa de bruços. – Balelas e balelas sobre minha condição especial. Minha diferença de ave rara em relação ao resto do mundo. O que mais gosto – segue, fitando a água – é de me sentir igual aos outros, sem essa de "você pode porque é filha de rainha, a outra não pode porque é porcaria; você pode porque é sangue eleito, a outra não pode porque é sem direito". Quer me convencer que os ogos são fracos de nascença.

– Sabe como é – diz Mandi –, a geração de Murumu parou no tempo e não sabe. – Sai da água e se senta na orla. – Estou com você – declara. – Não me sinto fraco nem inferior às ogas. Acontece que poucos pensam como eu, e, sozinha, andorinha não faz verão nem revolução. A maioria dos ogos pensa que nem Mbutiá e Maka'Xera. Acha que se enfrentar uma oga de igual pra igual vai virar lombriga de tatupeba ou excremento de gambá.

– Meu pai é da mesma opinião – conta U'Yara.

– Porque ele é um ogo esclarecido, apesar de conformado. Não é como a maioria. Não permite que Tipi'Og o sufoque, nem tampouco se desgasta com guerrinhas de poder.

– Por falar em poder – U'Yara, de bruços, se empertiga –, tenho de arranjar uma cascavel pra Murumu antes que anoiteça.

– Ãh!? Repete aí, não ouvi direito...

– O que ouviu foi o que eu falei.

– Arranjar uma cobra que mora a milhares de luas daqui, de acordo com uma lenda que deve ser pura invenção?

– Foi o que Pap me falou – conta a menina, vestindo o prende-peitos. – Fazer o quê? O que não tem remédio remediado está – filosofa.

Sai tristonha da lagoa.

– Ai, amiga, não sei o que pensar...

O retorno à castanheira é silencioso.

Maltratar a herdeira nas solas dos pés faz Murumu salivar de gosto. Dar palmadas nos pés, diga-se de passagem, é comum na tribo oguiana, pois tal como povos futuros botarão as crianças na linha com palmadas no traseiro, a gente oga as disciplina com palmadas nas solas dos pés. Acredita que a honra e o livre-arbítrio da pessoa estão mais nas patas do que nas nádegas.

Os pés para a regente são a base da espécie oguiana. "O que sustenta um ogo falante, hein, o que o faz ficar de pé?", pergunta e já logo responde: "Os pés!". Justifica em seguida: "É por causa dos pés que somos bípedes pensantes; que ora damos um passo firme, ora um passo em falso; que ora entramos no bom caminho, ora no mau". O raciocínio de Murumu sobre pés, em geral, é imbatível.

Houve um período durante o qual sempre que a herdeira descumpria uma tarefa, era nos pés que padecia. Murumu lhe descarregava uma vara fina e flexível nas extremidades inferiores, entre os calcanhares e os artelhos.

Certa feita, a regente babava de gozo ao açoitar as solas desobedientes, quando uma simpatizante de Jeni'Pap insinuou que ela exagerava na dose. Pra quê! Murumu envergou o sobranceiro olhar estrábico e provou por *b* mais *c* que o objetivo da dose era dar têmpera à realeza.

Não contava que o tempo e a reincidência no descaso com os deveres calejassem os pés da herdeira como calejaram. Ao ponto de Mbutiá se cansar de chicoteá-los sem extrair um ai da vítima e concluir que algo estava *muito errado* na operação que conduzia. Falou com a mãe:

– Cansei de sovar os pés de quem não chora.

– Só repuxa a perna e faz careta – completou Maka'Xera.

Murumu resolveu apurar a coisa, utilizando uma velha tática de sindicância. Quando se apresentou a ocasião de verificar o que as filhas diziam, avisou a U'Yara que ia lhe dar vinte varadas e deu apenas dez, curiosa em ver o resultado. Resultou que U'Yara, habituada que estava a sofrer castigos de olhos fechados, vinte vezes repuxou a perna e fez caretas. Estava na cara que fingia sentir o que não sentia.

Furibunda, Murumu levou o assunto ao Conselho da Tribo, então composto por ela, Mbutiá, Maka'Xera, a generala Im'bu de muitas guerras e a veterana Tana'Yura, de largas ancas.

– Senhoras – começou, primando pela educação. – Informo que U'Yara não sente dor nas solas dos pés. O chicote faz nelas menos mossa do que cócegas. Se quisermos que seja uma rainha de truz, sugiro que apliquemos dor moral por penitência. Em vez de chicotadas, humilhação. Pés humilhados granjeiam vergonha, podem crer.

– Sem dúvida – acatou a generala, acrescentando: – amarrada pelos pés num galho de árvore garanto que ela recupera a boa conduta.

– Por que não amarrar pelo pescoço? – perguntou Mbutiá.

A generala não se abalou para explicar. Estava na hora de Mbutiá saber que pelo método do pescoço boa conduta e morte dariam no mesmo. Certo é que, por maioria absoluta de três votos (Murumu resguardou-se, abstendo-se de votar, e Tana'Yura votou em branco), U'Yara entrou na fase de ser pendurada conforme já sabemos.

Fim de tarde, o Sol se despede prometendo transição amena para a noite.

Murumu no trono come coquinhos enquanto espera U'Yara voltar. A paixão que devota aos cocos-babosos, também conhecidos como cocos-de-catarro, é o maior dos seus vícios comestíveis.

Cospe no chão os caroços lenhosos que um servente varre à medida que outro lhe apresenta a cesta cheia de coquinhos, mal a vê de boca vazia. Ela aí pega um coco-baboso, chupa e saboreia a polpa, cospe o caroço.

De repente, cospe um caroço que quase se aloja no umbigo de U'Yara.

– O atraso de sempre... – observa, entre mastigadas.

Apruma-se no trono, enxota com um gesto parco o servente que a abastece de coquinhos, franze o sobrolho e pergunta:

– Cadê a cascavel?

U'Yara inala uma golfada de ar que expele antes de falar:

– A cascavel, senhora, não habita a nossa mata.

Murumu entreabre o sorriso de loba, sem saber o que é melhor: chupar cocos-babosos ou ver U'Yara atrapalhada, sem cascavel nas mãos. Para comparar as duas coisas, faz voltar o servente dos coquinhos.

– Quem disse que *não habita a mata*? – engrola, mastigando.

– Bem, procurei, procurei, procurei, e toda a tribo diz...

– Que toda a tribo?! – corta a outra, arreganhando o focinho lupino. – Anda pondo a tribo contra mim? – Pluct! Cospe o caroço que tinha na boca.

Apodera-se da cesta de coquinhos e manda o servente embora enquanto U'Yara, que se ajoelhou, assegura:

– Juro pelo que há de mais sagrado que não pus ninguém contra ninguém!

Murumu dá de ombros, sacudindo as carnes moles.

– Jure pelo sangue que lhe extirpam os borrachudos se quiser. Aprenda que tarefa descumprida, quando não indica incompetência, indica desobediência da parte de quem a descumpriu. Não queremos rainha incompetente nem desobediente, queremos?

– *N snhr...*

– Como?

– Não, se-nho-ra.

– Pela milésima vez, U'Yara, habitue-se à boa dicção. Vejo que te fará bem irrigar o cérebro e refletir sobre a lição de hoje pendurada de cabeça pra baixo no galho da perobeira que o raio secou.

– Mas Murumu...

– Murumu'Xaua é o nome completo.

– É que adoro quando me penduram de cabeça pra baixo... Se a senhora pretendesse me castigar de verdade, me deitava numa esteira forrada com penas de marreco, que me irritam ao extremo.

– Conversa... – corta Murumu, apanhando na cesta o último coquinho.

Mal chupou a polpa e cuspiu o caroço, chama ao trono duas guardas, às quais determina, mostrando a aluna:

– Suspendam-na pelos pés no galho da perobeira... *Aquela* que o raio secou.

– Agorinha e já? – indagam as guardas, olhos miúdos feito grãos de feijão.

– Não, sapiências, depois que as deusas salpicarem o céu de estrelas e a herdeira jantar – responde a regente, na esperança de que a menina rebente as tripas ou vomite de se acabar.

"Herdeira infeliz", dirão todos.

Infeliz, de fato, se considerarmos que com apenas treze verões leva à guisa de pulseiras nos tornozelos cicatrizes de cordas lacerantes. Menos infeliz do que o razoável estimar, se avaliarmos que sofre barbaridades sem disso fazer cavalo de batalha.

Atenua-lhe o sofrimento, em primeiro lugar, um traço herdado do pai, que alguns chamariam de inconsequência e outros de leviandade e todos errariam, por se tratar de um pendor a não sofrer antecipadamente. Uma propensão inata a preferir, entre dois males, o chicote na pele a um cérebro angustiado. Angustiar-se porque a cascavel é um réptil ofídio inencontrável na mata próxima – e o resto é castigo? "Ninguém merece", pensa a futura rainha, que nessas horas diz a si mesma: "Hoje é hoje, ontem foi ontem, amanhã será amanhã, vou brincar com Mandi'Og". Diria o mesmo se a mandassem cortar as madeixas da Medusa.

Em segundo lugar, é legítimo supor que o condicionamento precoce de que foi alvo a calejou perante muita dor. Objeto de maus-tratos desde o berço, desde cedo imagina que ser saco de pancada é o destino natural das órfãs de mãe educadas por regentes exigentes.

A candura, por sua vez, evita que desperdice lágrimas. Pois só aguenta o que aguenta na certeza de que seus males terminarão assim que lhe nascerem os dentes molares. Espera atingir a maioridade como se esperasse por um remédio milagroso.

Por último, porém não menos importante que a propensão inata, o adestramento e a inocência, U'Yara desfruta de saúde de ferro e nervos de aço, para usar expressões próprias aos povos com metais, o que a beneficia como o quê.

Maka'Xera suspeita que atrás dessa força prodigiosa haja o dedo de um espírito maligno equiparável ao de um diabo moderno (ressalvando que "maligno", para Maka, é o que contraria sua vontade). Custa-lhe acreditar que as boas deusas Flora e Fauna queiram proteger nossa heroína, como tendemos a crer.

Noite escura de céu preto. A ausência de estrelas causa impasse nas guardas.

– Murumu foi clara – lembra a mais gorda do par. – "Quando as deusas salpicarem o céu de estrelas".

– Sem estrela a gente faz o quê? – pergunta a magra, ou a menos gorda.

– A gente usa a cabecinha – explica Murumu, surgindo. – "Quando as deusas salpicarem o céu de estrelas" é modo de falar. As noites nesta época costumam ser estreladas. A de hoje não, paciência. U'Yara jantou? – dirige-se à sobrinha, que faz sim com a cabeça. – Então, guardas, quero ela pendurada agora e já – ordena.

U'Yara desmaia, portanto não objeta a que lhe amarrem a corda nos tornozelos. Até facilita a manobra estendida reta, rosto colado à terra. Dali a instantes, a pressão do laço aumenta e ela se sente içada. As guardas urram cada vez que a alavancam, até deixá-la suspensa que nem charque no varal.

Nessa posição incômoda, o seu único objetivo é resistir. Para resistir, tem de se conservar. Para se conservar, tem de resistir e assim por diante. Trata-se de um processo contínuo e moroso, dado que a noite flui mais lenta que o dia.

Luta para não dormir, porque dormir pode ser fatal. Pensar na vida quando se está à beira da morte é sumamente desagradável. Pender de uma árvore, como se fosse bicho-preguiça, é insuportável. O desespero a invade e de maneira miraculosa desprende glândulas de defesa que a embrutecem e a levam a perder a noção do tempo, que por isso parece escoar mais rápido.

Aos poucos, os ruídos da tribo cessam. O ronco das guardas ressoa em contraponto com o deambular dos roedores despertos. Os grilos cricrilam, as corujas ululam, os sapos coaxam, cada qual com seu timbre na orquestração da mata. O vento soprando empurra adiante a negrura do céu, e, na perspectiva da pendurada, faz a Lua brotar embaixo dos galhos que o raio pelou.

Nisso, um chamado se sobrepõe ao barulho do sangue bombeando em seu crânio. Sabe quem a chama e murmura:

– Não, Mandi, melhor não...

Murmura em vão, pois se sente baixando.

Mandi a baixa com cuidado, reconfortado em saber que o sono da espécie oguiana é pesado. Do momento em que desprende a corda da estaca, o peso de U'Yara fica nas mãos dele. Tem de retê-la com pulso suficiente para que não despenque. Dar-lhe jeito de aparar a aterrissagem com os braços, o torso, a bacia, as coxas, as pernas laçadas na altura dos tornozelos.

Descida concluída, ela tem a impressão de que um formigueiro inteiro lhe invade os ossos. Ou bem lhe espetam alfinetes nos poros. Mandi afrouxa o nó da corda que a aperta; deixa que se refaça da dormência nos membros, bem como das têmporas, que latejam como tambores no fragor da batalha.

– Prefiro chicotadas – geme ela, tentando se sentar.

Mandi a ampara, no que ela, tonta, recai nele.

– Não é justo que você se arrisque por mim.

– E te pendurarem feito charque é justo?

– Não. Mas quando crescer vou reinar. E você?

– Vou ser o braço da rainha.

– É, mas...

– Vamos. Antes que as brucutus acordem.

Carrega U'Yara nos braços e dentro em breve a esconde entre uns arbustos. Dali saca uma boneca de sisal, arremedo grosseiro de uma oga de estatura mediana.

– O que é?

– A figura que vai ficar no teu lugar. No escuro passa por você aperfeiçoada – graceja, acrescentando: – Espera aqui enquanto a penduro.

Enrola a corda nos pés da boneca e a põe suspensa no galho da perobeira, substituindo U'Yara. De volta a ela:

– Vamos.

– Acha que dá tempo?

– Tranquilo. Murumu e as filhas dormem à noite que nem pedras. Entraram nessa de que dormir conserva e, quando não, remoça.

– Nesse caso, antes de virar rainha, vou virar um caco.

– Elas querem justamente te ver um caco. Morta e enterrada, melhor ainda.

– Vamos então.

Vai seguindo no escuro o menino que a conduz pela mão. As juntas do corpo não se desempenaram ainda, mas ela se locomove sem queixas, ávida por se entregar a um descanso reparador.

No nicho da castanheira, mal se aloja e já dorme. Enquanto isso, Mandi no mirante acompanha o trajeto da Lua. Gostaria de tirar um cochilo com a amiga, mas depende dele recolocá-la na perobeira antes que amanheça e descubram a artimanha.

III

Os verões passam quentes e úmidos, entremeados de outonos imperceptíveis, invernos atípicos e primaveras indistintas, salvo por tímidas florações.

Se os romanos do Mundo Excelso emigrassem para a selva, é de crer que iriam penar. Será que os césares tomariam banhos termais no calor escaldante? Será que suportariam os miasmas da biodiversidade opulenta? A aridez de um idioma sem escrita? É provável que se consumissem de nostalgia do Lácio ameno.

Em que pesem os césares, o Mundo Excelso e os arrepios de tédio que aqui teriam, U'Yara desabrocha plenamente afeita aos excessos e marasmos de sua mata.

E o mundo não é todo marasmado? Por acaso a calhandra e o mururu não são eternos e universais? A cultura global, pensa ela, tem o tamanho da Tribo Og. Nasceu nela, cresceu nela, nela morrerá e, por mais que tenha a mente aberta, foi forjada numa comunidade isolada e fechada em si.

Tirando o aspecto de que sua ótica é limitada pela tribo a que pertence, ultrapassa a adolescência com saúde e olho vivo. Além da intervenção de alguns milagres, desconfio, tal como desconfiam os ogos e as ogas que nela vislumbram certa intimidade com o sublime.

Seu viço resplandece como um ipê vendendo flores no monótono cerradão. Murumu diante disso se deprime, constatando: "A peste veio pra ficar". Maka'Xera, que atribui tudo aos gênios do mal, insiste: "Isso tem pacto com o Além". Mbutiá pondera num rasgo de bom senso: "A gente cisma com um troço, não consegue o troço. Deixa de cismar, consegue. Quem sabe, largando de mão a criatura, ela escorrega num troço aí, tem um troço e morre?"

Sorte, porém, protege nossa heroína no palco da selva tropical. Haja vista que o galho da perobeira troncha onde a penduram de vez em quando já era para ter se desconjuntado com ela. Sobrevive porque a sorte a socorre na hora certa e ela conta com o apoio de Mandi, Tipi e Jeni'Pap.

Tem dias em que não sabe onde meteu a meninice e entra em crise. Como uma lebre ágil, frágil, desprecavida e imatura, ela salta os obstáculos do caminho e, quando se sente velha demais para saltar, tranca-se em silêncios taciturnos. A infância aí lhe surge como um guri pirracento que ameaça se evadir para não voltar. "Pois vá", desfecha, "vá e não volte". Renega o passado corroído por abusos indignos de guardar. Dali a pouco se arrepende, é incoerente, sente saudades. Não quer esquecer as tardes na lagoa com Mandi. As noites em que ele a tirou da forca e a levou para a castanheira. Os abraços calorosos e sempre refrescantes de Jeni'Pap. A doçura de Tipi'Og. O lar que encontrou no taquaral. Repensando, retém a infância e as relíquias de um tesouro que mesmo impalpável permanece lastro de valores.

Os quadris são estreitos, os seios mal ondulam o prende-peitos, a altura é acima da média oguiana. Não tem, no falar de hoje, o tipo violão normalmente atribuído às latinas que, aliás, não é, valendo notar que tampouco é uma oga típica.

Sobressai do comum pelo castanho-topázio dos olhos repuxados – faíscas de gata emboscada atrás de pálpebras orientais –, e pela tez que comporta generoso pingado de açaí. Os zigomas salientes dão-lhe um toque do Tibete. O cabelo ruivo, um quê da Escócia. No mais, músculos de contornos suaves, ombros largos e cintura fina. Seu porte, em termos atuais, seria o da atleta que pratica o nado sincronizado, faltando-lhe a estatura das que triunfam no vôlei ou no basquete.

Yuri'Ti, sua mãe, tinha a pele acobreada, os olhos jabuticaba e os cabelos azeviche-piaçava característico das ogas. Ela não. No moral e no físico puxou ao pai, cujos olhos gateados, a tez chocolate e os cabelos de mechas caramelo são fruto de mestiçagem anterior à tentativa de Orellanas, Colombos e Cabrais de chegar às Índias.

Lembremos para o bem de nossa história que os mongóis desceram pela costa do Pacífico, quando uma restinga unia o norte da Ásia ao atual Alasca; restinga que um cataclismo posterior fez desaparecer, originando o Estreito de Bering. Africanos cor de ébano decerto estiveram em nossa selva quando as plataformas ameríndia e africana eram geminadas. Acredita-se que uns ancestrais dos *vikings*, que sempre adoraram bater recordes em veleiros, ao velejarem longe demais dos seus fiordes enveredaram pelo mar das caraíbas e aportaram nas regiões míticas do Eldorado. Isso para dizer que, mesmo vivendo ilhado há milênios, nenhum povo é uma ilha e na Tribo Og há quem acuse nos genes cruzamentos remotos com outras etnias.

Mas vamos aos dentes permanentes, alvos de um episódio singular.

Um céu esplêndido abençoa o feriado de Ação de Graças a Flora e Fauna. Murumu, não obstante, insiste em dar aula à herdeira. Manda-a calcular a rapidez com que um colibri bate as asas e lhe dar a resposta antes do almoço. Para que a aluna observe à vontade o pássaro e não tire conclusões precipitadas, coloca-a diante de uma gaiola que tem dentro um colibri e uma orquídea.

U'Yara range os dentes de raiva. Todos na tribo descansam, exceto ela. O pior é que Mandi está com caxumba na castanheira e ela não pode lhe levar a poção contra inflamações que Jeni'Pap preparou e a incumbiu de assegurar que ele tome.

"*Drg!*", tritura entre os maxilares, vendo-se presa por um dever dificílimo, além de algemada pela vigilância de duas guardas. Amaldiçoa Murumu e roga as pragas que sabe, até se compenetrar de que isso não resolve e decidir observar o colibri.

De início o observa desatenta, o foco do olhar mais em Mandi com caxumba do que na ave. Aí, quando menos percebe, a leveza do passarinho a cativa: sua penugem cintilante, seu bico em agulha, a maneira como beija a orquídea.

Não demora, atina com uma resposta e a apresenta a Murumu:

– O colibri bate as asas tão rápido que a gente nem vê bater.

– Excelente – vira a regente, acrescentando: – Fique livre o resto do dia e durma de noite na esteira forrada com penas de marreco que você diz que te *irritam ao extremo* mas eu sei que adora.

– Livre pelo resto do dia? – verifica a aluna.

– E da noite – confirma a regente com surpreendente simpatia.

"Todos temos um fundo de bondade", reflete U'Yara, partindo para o taquaral.

Recebe do pai a poção que desinflama, um pão de aipim e votos de melhora para o doente. De Tipi'Og ganha três beijos na face, o último "pra casar". Conta-lhes a novidade de que Murumu é um "caso tratável" e parte para a castanheira com a pressa de uma corça determinada.

Diante de Mandi com o papo inchado, controla o riso, mordendo a bochecha por dentro. Daí trata de ministrar ao paciente meia cuia do xarope medicinal que Jeni'Pap preparou. O pão de aipim, que ele coma quando quiser, conforme o apetite.

– E não me saia da toca até se curar – remata.

Mandi promete seguir as recomendações de sua cuidadora. Ficar na toca não será proeza, afiança, tendo em vista a fraqueza que o abate e a tranquilidade de saber que a amiga terá pela frente tarde e noite sem castigos.

– Pelo contrário – diz ela –, à noite terei penas de marreco!

Certa de que repouso e medicamento haverão de curar Mandi, retira-se para não cansá-lo conversando.

Sem atribulações, sua manhã livre termina.

A tarde de sol e desafogo pede um mergulho na lagoa. Para lá se dirige, prevendo como será bom dormir uma noite sobre o fofo, quando cruza caminho com Mbutiá, que lhe propõe sorrindo de orelha a orelha:

– Que tal fechar o feriado jantando com uma colega? Mamãe deixou.

– Adoraria – responde U'Yara, refletindo que a palavra *mamãe* não casa com a boca de Mbutiá.

Jantar com uma colega? Desde quando a prima é dada a amabilidades? Desde que é dia de Ação de Graças? Não bastasse Mbutiá amável, em breve surge Maka'Xera, saltitando e sondando:

– Aceitou o convite pra jantar? Eu aceitava se fosse você. Distração faz bem.

De assombro em assombro, U'Yara se pergunta se não está sonhando. Belisca-se no antebraço e só quando sente que o beliscão doeu conclui que não.

Anoitecendo, janta nas imediações do trono com Araru'Ta, oga falante e animada com quem julga partilhar opiniões.

Dona de temperamento decidido e espírito de equipe, Araru'Ta é favorável à emancipação gradual dos homens ogos. Pensa que as ogas só terão a lucrar convivendo com ogos atuantes e participativos. Hábil no encadeamento das frases, Araru'Ta improvisa discursos como ninguém e sabe persuadir o público com argumentos convincentes. Gosta, é verdade, de debater assuntos ingratos como: quem é o povo, o segmento mais pobre deste ou todo ele? O que é melhor na vida, rir mais ou rir por último? Claro que num jantar amigável com a futura rainha ela traz à baila assuntos leves como a colheita da mandioca, a maciez dos novos *chclts* ou a lista dos dez ogos mais bonitos da tribo.

Estimulam a conversa uns coquetéis de maracujá servidos em cabaças (que um servente reabastece com obstinada frequência) e um cheiro aliciador de tambaqui na brasa. U'Yara se diverte com "os dez mais" que Araru'Ta escolhe, só de farra, entre "os dez menos". Daí pede:

– Faz agora uma lista séria.

Araru'Ta matuta um instante e na lista séria coloca Mandi em quarto lugar. Concede-lhe pontos pelos olhos especiais e o charme, mas o penaliza pelos músculos definidos e os ombros largos, uma vez que a cultura oguiana coloca os lânguidos e os franzinos no topo da escala masculina.

– Em quarto lugar?

– Pelos pezões e as manzorras, além do tórax de lutador.

– Gosto assim – torna U'Yara com ar de amuo. – Pra mim ele é o primeiro.

– Com aquela musculatura?

– E daí?

– Tudo bem, ponhamos Mandi em terceiro lugar – consente Araru'Ta.

A refeição prossegue. Depois dos aperitivos, ervas da selva e a gamela principal, que consiste de tambaqui grelhado em molho picante de maracujá. Por sobremesa, gomos de jaca em calda de maracujá doce. Por digestivo, chá de cidreira e camomila. U'Yara, a essa altura, reconsidera o mal conceito que tinha das primas. Mbutiá e Maka'Xera, no final das contas, não são tão más quanto parecem.

– São... – ameaça completar Araru'Ta, que entretanto boceja e confessa: – Acho que comi demais, estou zonza.

Temendo ser indelicada, desata a elogiar os coquetéis servidos, a gamela principal (uma delícia!), a sobremesa, o chá. Agradece U'Yara pela honra de jantar nas imediações do trono. Achou um luxo comer sentada em esteira de juta com serviçais a abaná-la, peixe e sobremesa em gamelas diferentes.

– Estava tudo ótimo, nem sei como agradecer.

Além das palavras que lhe faltam, a língua como que inchou e não a obedece. As pálpebras descem e não sobem, como futuras persianas enguiçadas. A mente não produz um pensamento coerente.

Preferências, princípios e convicções batem asas, deixando-a a sós com a disposição para topar tudo.

Não estranha, portanto, quando no soerguer de uma pálpebra flagra a rainha desabando na esteira. Nem encontra brio dentro dela para reclamar das guardas que a pegam pelos sovacos, enquanto Mbutiá lhe atira nas fuças:

– Chispa! Teu serviço acabou!

U'Yara sonha que está na lagoa, dormindo em cima de uma vitória-régia.

Aí, como na história da Bela Adormecida que os leitores conhecem, um ogo similar a Mandi se achega a ela e a desperta com um beijo na boca.

O beijo a deleita, mas logo provoca uma dor pungente que a faz urrar. Não sabe se urrou no sonho ou acordou e urrou nas imediações do trono. Na dúvida readormece e sonha que procura o autor do beijo enleante.

Em meio à procura, cai nas mãos de três vilãs que a forçam a abrir a boca e a levam a urrar mais uma vez. Um pesadelo doloroso a persegue. Causado por má digestão, supõe. Quem mandou se empanturrar de tambaqui e maracujá?

Pesadelo ou não, a verdade é que não responde por si. Uma sonolência avassaladora a embota e apaga. Sem vislumbre de lagoa, beijo ou mesmo dor no maxilar. Caiu no perfeito sono de pedra, sem tirar nem pôr.

Na manhã seguinte, acorda com a cabeça doendo – e não pouco. Um tacape se aferra em querer rachá-la. A luz matinal a agride com pontadas agudas. As aves soam ensurdecedoras. Entre pedir em vão que se calem e tapar os ouvidos, tapa os ouvidos.

Sente os lábios colados um ao outro por uma gosma. Ao engolir saliva, experimenta um gosto acre, tendente ao podre, cuja origem prefere não apurar. Nem ousa destravar as mandíbulas para comer polpa de bacuri no desjejum. Na água da moringa a seu alcance lava o rosto, evitando balançar o crânio que o tacape massacra.

À medida que os olhos se habituam à claridade, percebe que está no lugar onde jantou com Araru'Ta. Ao se advertir de que o Sol subiu e ela não teve aula com Murumu, esta assoma e fala sem rispidez na voz:

– Vejo que você se excedeu e não está em condições de me ouvir com proveito. Para que se refaça, vou lhe dispensar de obrigações por hoje, mas aprenda a comer e a beber com moderação.

– *Brgd* – borrifa U'Yara, sem acionar como deve o aparelho fonador nem levar a bronca usual, talvez por estar com a cara mais azeda que o paladar.

Descansa à sombra até melhorar da indisposição e ir ver, no começo da tarde, como evolui a caxumba de Mandi.

Na castanheira do amigo, encontra-o aninhado no côncavo das raízes que nascem separadas e se juntam em uma só, antes de entrar na terra. Revê-lo, ainda que enfermo, a faz sorrir com a boca inteira. Não entende por que Mandi arregala os olhos e os fecha em seguida como se o ato de enxergar doesse.

Agravamento da caxumba? Por esse revés ela não esperava. Esperava colocá-lo a par do jantar divertido com Araru'Ta, isso sim. Mandi vai e perde os sentidos?

– O que foi? – pergunta, debruçando-se nele e lhe alisando os cabelos secos. – Não está se sentindo bem? Olha pra mim.

Mandi entreabre os olhos e os contrai demonstrando desgosto ostensivo.

– O que houve? Não me reconhece? – U'Yara insiste.

É quando ela se cala e compreende que do lado de trás do canino superior direito lhe falta um dente.

Perdoo os leitores que estiverem chamando U'Yara Og de pamonha e Murumu de precursora de Hitler. Acontece que a operação arranca-dente não foi ideada por Murumu e, sim, por Maka'Xera.

Eis como falou, dias antes, no Conselho da Tribo: "A herdeira promete se sair bem no desempenho do comando, mas corre o risco de pôr os pés pelas mãos assumindo o poder cedo demais". Tossiu cinco vezes. "Uns verões de formação suplementar lhe darão o polimento necessário para governar." Pigarreou estudando o efeito que suas palavras causavam. "Sem contar que considero nossa gente absolutamente despreparada para recebê-la no momento. A senhora não acha?", dirigiu-se à veneranda Tana'Yura, que, sem hesitar, respondeu: "Acho". Maka'Xera rematou curto: "Proponho então que se retarde a maioridade da herdeira, removendo-lhe da arcada dentária um pré-molar ou dois". Remoção aprovada, Mbutiá se ofereceu para executá-la, declarando: "Eu mesma arranco".

Promoveu, como vimos, o jantar de U'Yara com Araru'Ta, entupiu-as de maracujá com polvilho de polens estupefacientes e, depois que as dopou bem dopadas, tirou de cena uma comensal e extraiu um dente da outra.

Pamonha a herdeira real por permitir que a manipulem feito massa mole? Lembrem-se de que um jantar de tambaqui grelhado com farinha de calmantes dobra as consciências mais hirsutas. Não se esqueçam tampouco de que urrou duas vezes. Tenham em conta, ademais, que juventude implica inexperiência. Se bem que, se me arrancassem menos que um dente, eu poria a boca no trombone.

No duro. A menos que meu alarde colocasse em risco outras vidas ou eu me culpasse, de alguma forma, por ter privilégios de nascença.

Expliquemos.

U'Yara lida desde pequena com uma regente que se farta de cocos-babosos e degusta de lamber os beiços o filé das caças. Ou seja, lida com uma governante que está acima dos governados em matéria de mordomias. É natural que se diga: "Quando eu reinar, também vou ter do bom e do melhor". Sabe que a tribo nesse particular não transige: proporciona conforto para as líderes.

Quanto aos súditos, dividem-se em nove categorias.

No topo da pirâmide social estão as faladoras, conselheiras ou representantes dos setores. Logo abaixo, as pensadoras: ogas de ideias válidas, porém destituídas da arte de falar. Em terceiro lugar, as guerreiras, esteio da tribo. Na quarta faixa encontram-se as negociantes, as produtoras de eventos, as fazedoras de objetos, as empresárias e as professoras. O quinto escalão abrange as que servem apenas para mães e amas de leite. O sexto escalão reúne as doentes, as estéreis (veja a posição delicada de Mbutiá), as aleijadas e as inativas. O sétimo agrupa as que dão trela demais aos ogos. Esses, quando capazes de gerar ogas (como no caso de Jeni'Pap), ocupam a oitava posição. Quando não, ocupam a nona, a que fornece mão de obra para a tribo, sendo que nesse caldeirão de trabalhadores os manicuros são mais prestigiados que os varredores de chão e os catadores de piolho. Relega-se, por fim, à décima categoria, os hereges que renegam as deusas Flora e Fauna e por isso são queimados na fogueira, o que torna a última categoria inexistente.

A nona categoria é a que mais comove nossa heroína. Os varredores de taba e catadores de piolhos – franzinos, curvados, condicionados –, quase todos lhe inspiram compaixão. Não esbarra num varredor de chão juntando folhas na clareira sem que seu coração não se comprima. Outro dia ainda, os olhos marejaram diante de um que varria, cantando:

No dia ou noite em que eu morrer
E me jogarem na floresta
Sei que virá cavar minha cova
O generoso tatupeba.

"Coitado, depender da bondade de um tatu!", compadeceu-se, quando ela desde dentro da barriga da mãe tinha direito a jazigo de família: o canteiro de bromélias em que suas cinzas serão jogadas para se fundir com as das ancestrais.

De maneira que, sensível às desigualdades da tribo e sua injusta conformação, encara em parte os seus martírios como a chance que as deusas lhe dão de usufruir sem remorsos as regalias que terá – meio como alguém cujas prerrogativas eventuais resultassem de indenizações.

A operação arranca-dente retarda a sagração de U'Yara por um período de estiagem seguido de um de cheia.

Retardo irrisório, admitem as que o tramaram, quando os sisos da herdeira rompem e suprem o pré-molar arrancado.

"Há males que vêm para bem", reza um provérbio oguiano que se perpetua entre nós. No espaço aberto pela extração do pré-molar, canino e molar se juntam, poupando U'Yara de ser dentuça. A falta de um dente lhe empana um tempo o sorriso, mas no fim favorece a acomodação dos restantes.

Há males, sim, que vêm para bem. Do mal que lhe advém pela mão cirúrgica de Mbutiá, U'Yara ganha dois bens: um tratamento odontológico gratuito (ainda que deselegante) e um choque que a amadurece, como veremos.

Ao se compenetrar da falha na gengiva, dispara rumo à lagoa, largando Mandi na castanheira. "Um monstro me mutilou durante o sono!", espuma no íntimo, acrescentando horrorizada: "A que baixeza não chega a espécie oguiana!". Compreende agora por que urrou sonhando, depois que um ogo a beijou. Compreende o pesadelo em que urrou de novo, nas mãos de três vilãs. Compreende o abalo que causou em Mandi.

"Não", repensa, parando de correr, "lagoa nenhuma embeleza a existência atroz". Põe-se a andar ao passo lerdo. A selva transformou-se para ela num covil hediondo e sem sentido. Nada importa: Mandi com papeira, o pai no taquaral, a perspectiva de ser rainha. No túnel da apatia tudo merece indiferença. Só um desejo a impele adiante: de que a castiguem de jeito que acabem com ela, e pronto.

Durante quatro sóis e quatro luas abraça o torpor até a medula. Nem Jeni'Pap com sua ternura a alegra. Gira no umbigo da desesperança como um besouro sem asas no fundo de um poço. Nisso o pai vem lhe informar pesaroso:

– Levei Mandi para o taquaral.

– *Hm*... – devolve com desinteresse.

– O estado dele é grave.

– *Hm*... – torna apática.

– Está magro, amarelo, ardendo de febre.

A notícia gera menos que um resmungo nasal.

– Vai morrer – diz o pai, ao que ela corcoveia como égua esporeada e desembesta bravateando:

– Não antes de mim!

Ao fim de sete sóis e sete luas, Mandi se recupera graças às forças que nos recuperavam antes de haver penicilina. Recupera a vivacidade do olhar, a agilidade motora, o desembaraço do espírito, o senso de humor.

U'Yara recupera a energia. Volta a se encantar com o pio dos pássaros e a achar a lesma um bicho gosmento. Recobra o apetite. Seu olhar sobre a vida não só se renova, como ganha um prisma a partir do qual Mandi lhe parece mais alto, mais esperto, mais insinuante e bem proporcionado do que ela se lembrava. Não tarda a achá-lo talhado para consorte. A esse respeito, consulta Jeni'Pap:

– O que acha?

– Além de considerá-lo seu amigo, sente vontade...

– De cheirá-lo, agarrá-lo, mimá-lo? Sinto.

– Vai em frente, então.

– Ótimo partido – diz Tipi.

Para Murumu, com quem sempre foi penoso lidar (mais ainda desde que a tia a acusa de ter arrancado o próprio dente no fito de prolongar uma menoridade irresponsável), pergunta se pode namorar.

– Nem pensar.

– As ogas do meu tamanho...

– Nem pensar – repete a regente, pés de molho numa gamela com água morna, mão direita entregue ao manicuro que lhe faz as unhas.

– Maka'Xera cedo, cedo foi mãe solteira – lembra U'Yara.

– Maka'Xera é Maka'Xera, você é você.

– Eu sou eu, perfeitamente, filha de Yuru'Ti, neta de Yaça'Nã, bisneta de Kari'Tog, tataraneta de Kari'Bé, quinquaneta de Kari'Og, sextaneta de Kapu'era, heptaneta de Yekiti'Ba, presumida descendente da maior Tamandu'A que já existiu.

– É isso aí – corrobora Murumu, escolhendo para as unhas um colorante tom cúrcuma. – Tenha orgulho das ancestrais – desconversa, no que o atrevimento da herdeira a desacorçoa de mais a mais.

– Já não sou criança.

– Não, não é – concorda a regente.

– Pois então...

– Pois então... – arremeda Murumu, súbito se advertindo de que sem tolerância as tiranias acabam por ruir, e assim acrescentando complacente: – Conheço as premências da mocidade. Amanhã providenciarei um ogo bem-apessoado e adequado...

– Não quero adequado, quero Mandi! – U'Yara deixa escapar.

À menção do nome, Murumu retesa a barriga, congela a postura e sopra o colorante fresco nas unhas.

– Mandi quem? Posso saber?

– Mandi'Og, da castanheira grande, lá das bandas do igapó.

– O endereço não recomenda, minha filha.

– O endereço não importa, importa que a gente se goste.

Murumu, a examinar as unhas, exprime desagrado. Tira os pés da bacia, brande os artelhos enrugados e despacha o manicuro, dizendo:

– Vai, Jeri'Mum, amanhã me refaz este teu trabalho borrativo.

Jeri'Mum recolhe os apetrechos e se retira.

A regente faz sinal para que a sobrinha se aproxime, adota um ar de quem pretende levar um papo franco e pergunta:

– Teu pretendente, digamos, não é mais velho que você uns verões?

– É, mas não faz mal. É com quem quero me casar e ter filhos.

– *Filhas*, desgraçada! Há quanto tempo não te ensino que o mundo é das ogas?

– Filhos ou filhas tanto faz.

– Não tanto faz não, ainda mais casada com um velho...

– Quem é a senhora pra falar assim?

– Regente em exercício até que tu inteires a dentição, o que com o buraco que me arranjaste na gengiva sei lá quando vai ser.

– Mas, tia...

– Suprima o *tia*. Quando o interesse da tribo está em jogo, parentesco inexiste.

– Como? Se a senhora só é regente porque é irmã...

– Da minha falecida irmã, com muita honra.

– Enfim, quero saber se posso namorar.

– Na devida hora, com o ogo da devida linhagem, idade e compleição.

– A velha lenga-lenga de impedir que um desclassificado me cobice!

– A sábia lenga-lenga que há de vigorar na milionésima geração dos jacarés.

– Em suma, a senhora é contra.

– Eu, o Conselho da Tribo, o povo e os bichos da selva.

– Melhor não meter o povo nisso.

– Meto. Povo gosta de consorte mais jovem que a rainha. É da tradição.

– Mandi deve ter no máximo dezoito verões...

– Os ogos, minha filha, envelhecem mais depressa do que as ogas em aspectos determinantes. Por ora é só o que adianto. Preocupa-te com teus dentes. No tempo certo hei de te arranjar um companheiro dócil e prestativo, mais moço do que tu vários verões e pouco instruído, ou o lar vira um inferno.

Aproveitando que U'Yara está próxima do trono, e sob pretexto de que uma boa educadora não perde a oportunidade de educar, a regente desata a tecer considerações sobre namoro e casamento, as vantagens respectivas de ambos, falando de como o namoro pode ser firme, sufocante ou sem compromisso, de como não há ogo que não sonhe em se casar, de como as ogas preferem os namoricos.

U'Yara boceja enquanto Murumu leciona e, cá e lá, cochicha no ouvido da guarda que lhe traz água para beber. Quando acaba de cochichar, retoma o fio da meada, pondo-se a explicar que no namorico a pessoa se apega sem se apegar e, na medida em que não se apega, pode se apegar desapegada a vários parceiros simultâneos, ao passo que na paixão o apaixonado se rebaixa, e patacoadas dessas.

Depois de aturar sermão que não acaba mais, a aluna frente ao trono mal consegue permanecer em posição de sentido, como Murumu sustenta que as rainhas devem saber se manter ao longo de cerimônias intermináveis. Quando o arrazoado parece prestes a terminar, a guarda dos cochichos vem renovar para Murumu água e cochichos, alguns dos quais a aluna entreouve na seguinte ordem:

– E aí?

– Já.

– Já?

– Já.

– Mesmo?

– Ótimo.

– Tem aquele...

– De recompensa? Tudo bem.

Pouco ligando para as migalhas de conversa que recolhe, U'Yara reflete distraída: "Tem quem goste de um mistério...". Boceja de fastio. Não deixa de achar indelicado cochicharem na frente dela. Para não dizer descabido, sendo contraproducente que uma regente no cargo e uma guarda no serviço excluam de sigilos uma herdeira que está às vésperas de reinar.

Assim cogita, quando sobrevém a sensação de que uma emissária das deusas lhe segreda: "Larga a aula dessa anta e procura teu amigo". Nesse momento, um tremor debaixo dos pés a propele para cima como o jato de um repuxo, de um salto e meia pirueta ela corre à toda para a mata.

Certa de que Murumu é uma tratante, embarafusta por teias de aranha, pula por sobre carapaças de cágados, desbasta ramos a golpes de braço, nada é obstáculo para que chegue à castanheira de Mandi. Num olhar de relance, depara com a base da árvore rodeada de cuias reviradas, cestos pisados, cacos de cerâmica e quatro guerreiras armadas de bordunas. Trêmula de ódio, interpela Sara'Rá, a mais queixuda:

– Cadê Mandi?

Não obtendo resposta, reformula:

– O que fizeram com ele?

O silêncio persistindo, indaga sem rodeios:

– Mataram?

Sara'Rá, até então imóvel, informa:

– Não é pra falar nem abrir a boca, e já abri.

Integra um pelotão treinado para se perfilar imperturbável, como haverão de se perfilar os futuros guardas reais ingleses.

– Aaahn! – ruge a herdeira, rodopiando tonta.

Cansada de correr e cair nas malhas de ciladas, clama:

– Deusas minhas, ninguém merece o que padeço!

Agacha e se senta no tapete de folhas que cobre o solo; os joelhos dobrados, a cabeça entre as mãos. Sentindo-se vencida, chora fino, enquanto por perto um tiziu cantarola anticlimático e feliz. Sara'Rá abaixa ligeiramente o queixo:

– Gostava dele?

– Gosto! – berra U'Yara, afugentando o tiziu.

Sara'Rá se endireita.

– Cadê ele? – segue U'Yara, crispando os dedos. – Quem o despejou daqui e botou quatro guardas no lugar? Murumu o expulsou, pensam que não sei? Eu lá aguentando conversa de namorico sem apego, paixão que arrasa e o mais! Ah, Mandi, o que fizeram contigo? Namoro sufocante, pior que... – Embatuca, bate com a palma da mão na testa e exclama: – Já sei! Está na lagoa!

A miragem mal surge no horizonte, ganha a dimensão do céu azul. Ilusão mata? Mata. Mas antes embala a vida. Ir para a lagoa a reanima.

Encontra as vitórias-régias boiando tristonhas, como se por falta da dupla querida que as promovia a canoas. Os açaizeiros da margem curvam-se macambúzios. Pelo leito da água patinam libélulas e girinos.

Em vez de Mandi, o desengano a recepciona. Maior do que qualquer ilusão. A suspeita de que o eliminaram a assalta. Rechaça-a, persuadindo-se de que ele vive ou viverá num ermo matagal. Acontece que, para descobrir onde, sua impotência será a de um caracol.

De revés em revés, descortina o alcance do planejamento a longo prazo. Só os grandes ódios e os grandes ideais o fomentam. E ela tem, de um lado, vontade imorredoura de rever Mandi; de outro, aversão cada vez maior por Murumu.

Passar a língua nos dentes ou explorá-los com o indicador equivale a constatar o termo de uma gestação. Está para ser rainha a qualquer instante. Até lá, a prudência manda que fique fria e não entorne o caldo antes de sorvido.

Não teve mais notícia de Mandi. Jeni'Pap e Tipi'Og ignoram que fim levou. Caso esteja morto e cremado, aí mesmo é que a interessa reinar, para ter o poder de fritar Murumu a fogo brando na gordura.

Às vésperas de governar, julga ser conveniente conquistar apoio na tribo. Pois realizar do trono as reformas que deseja sem contar com a compreensão de meia dúzia de guardas será, no mínimo, temerário. Para ganhar tempo, pensa em insuflar desde já umas ideias do seu agrado num pequeno grupo de aliadas.

Para começar, testa suas habilidades de persuasão numa conversa informal com Sara'Rá, Im'Bu, Araru'Ta, Tuietê, Tuiu'ti e Tucu'Pi.

Sara'Rá porque abaixou o queixo e lhe deu atenção num momento crucial da existência (além de ser fortíssima e ser sua guarda-costas). Im'Bu porque tem indiscutível estofo de generala em chefa. Araru'Ta pela oratória e simpatia pelos ogos. Tuie'Tê, Tuiu'Ti e Tucu'Pi porque despontam como lideranças setoriais.

– Nós ogas – lança, passeando com o grupo pela capoeira – descambamos para o relaxamento dos costumes e a degradação dos valores.

As do grupo aplaudem a colocação, fingindo que matam mosquitos no ar, para ninguém pensar que a estejam bajulando.

Grata aos aplausos que recebe, ela expõe seus planos de promover na tribo maior igualdade, amizade e intercâmbio entre os sexos. Isso feito, pergunta:

– Conto com vocês?

As do grupo se entreolham e fazem sim com a cabeça, Tuie'Tê juntando:

– Claro.

– Claro que gostamos de goiabada! – apressa-se em despistar Araru'Ta, para dirimir suspeitas de que estejam conluiando.

A goiabada og, diga-se de passagem, aproveita as cascas, as sementes e as larvas das goiabas. U'Yara, a quem o sim do grupo empolgou, propõe então:

– Que tal nosso lema ser: "Abaixo Murumu"?

Nesse momento, Araru'Ta vira-se para Im'Bu, que se vira para Sara'Rá, que pelo olhar consulta Tuie'Tê, Tuiu'Ti e Tucu'Pi, a qual, traduzindo o vacilo das demais, pede um tempo para reflexão antes de responder. Findo esse tempo, Araru'Ta resume a posição grupal:

– Gostamos dos planos que ouvimos, mas não do lema contra a regente a quem por lei devemos respeitar.

Abalar-se em questionar a lei? Mero desgaste das cordas vocais, conclui a herdeira, preferindo dissolver a reunião.

Sem o apoio com o qual contava, entrega o futuro às deusas.

IV

Chega então a maioridade.

O Sol já engalana a capoeira quando o galo-da-serra canta. Um galo laranja e adestrado, cujo som incômodo foi escolhido para despertar a tribo e iniciar os trabalhos, não muito cedo, pois o dia de festejo dispensa madrugar.

Colares, cocares, adereços de palha, pinturas na pele enfeitam ogos e ogas de todas as idades. A rainha promitente desfila no novo prende-peitos de sementes coloridas e finas fibras de tucumã. Pediram que usasse calça de *ltx* menos cavada, em conformidade com a nova posição.

A cerimônia de investidura começa cultuando Flora e Fauna. Seguem cantos, danças, jogos, competições de seta ao alvo e um rico programa de atividades que inclui mímicas e declamações.

No horário em que o Sol impera e a fome ataca os desprevenidos, a ação se concentra em torno do guisado de jabuti. Depois dele, vem a sesta para a digestão.

Pelo meio da tarde ocorre o ritual em que se abre a moringa histórica – legado das ancestrais. U'Yara prova do licor de jambo e, no que o aprova, sem caretas bebe dele tantos goles quantos são os dentes nas gengivas.

Com a emoção à flor da pele, sobe ao trono. Senta-se e empunha o cetro Og – um bastão de cabiúna preta, de antiquíssima procedência. A vontade é baixá-lo na regente como primeiro ato no poder. Refreia-se, contudo, temendo que os goles de licor de jambo ingeridos com prazer a façam errar a pontaria. Resigna-se a escutar Murumu discursando:

– Entrego-vos U'Yara Og, líder suprema e guerreira primaz da nossa tribo. Preparei-a – pausa, desenhando um leque de rugas entre a boca e o nariz – ajudada por minhas filhas Mbutiá e Maka'Xera – cita-as, fechando os olhos lentamente. – Se erramos – continua –, e decerto erramos aqui e ali, peço clemência à jovem rainha. – Espicha um silêncio embaraçoso, no fim do qual retoma: – Peço que nos perdoe.

– *Mrm pd prd!* – o dizer se espalha pela população.

– Admito – prossegue Murumu assim que obtém silêncio – o que nunca admiti às minhas filhas nem às deusas – aspira fundo e revela: – U'Yara Og merece o trono que recebe. – Abaixa humilde a cabeça. – Nasceu predestinada – declara, pondo-se de joelhos. – Aqui está vossa rainha! – anuncia, estendendo os braços para a sobrinha. – A ela, ogos e ogas, havereis de obedecer doravante, enquanto eu e minhas filhas, que comigo compartilham as venturas e desventuras da existência, haveremos de nos retirar da vida pública.

– *Rtrr d vd pblc!* – comenta-se com espanto.

– Exiladas num ermo recôndito, despidas das paixões e das cobiças, viveremos em frugal solidão, dedicadas à vida contemplativa. – Interjeições em massa ressoam pela clareira, enquanto os olhos de U'Yara, que no assento do trono não tuge nem muge, crescem soberanamente. – Lá – diz Murumu, apontando com um gesto vago uma região indefinida – cumprirei os desígnios de Flora e Fauna, fundando a ordem das arrependidas. Acolherei – alteia a voz para abafar resmungos descrentes – aqueles ogos e ogas que desejarem vir comigo expiar seus crimes. Na qualidade de regente, dirijo-vos ainda um último *apelo* – ressalta o termo. – Colaborem com U'Yara em sua gestão. – Isso dito, puxa a si Mbutiá e Maka'Xera e, com a gravidade da condenada prestes a ir para a forca: – Receberemos, rainha, o vosso perdão real?

– Real? – questiona U'Yara, emergindo do estupor.

– De rainha, se preferir...

– *Prd! Prd!* – a turba incita.

– Nesse caso... – hesita U'Yara, dividida entre a alma relutante e o povo à espera de que pratique um ato nobre, sem saber se conseguirá ser nobre, menos ainda se Murumu e as filhas merecem nobreza àquela altura. Por fim, cedendo ao anseio dos súditos, ergue o cetro e diz: – Pelo bem que aqui me traz, pela sorte recebida, pela saúde dos meus pais e a honra de servir-vos... – cala-se, enquanto o eco de suas palavras prende os ouvintes em expectativa. – Declaro que, entre mim e Murumu, águas passadas são águas passadas.

O povo a ovaciona, proporcionando-lhe o primeiro sabor da popularidade irrestrita. Entretanto, continua pedindo:

– *Prd! Prd! Prd!*

"Como assim?", U'Yara se pergunta sem entender. "Não acabei de perdoar? Não superei a vontade maior, que era a de castigar, e perdoei? Arrependimento justifica perdão sem punição? Degredo paga a pior maldade? Será que me puniam porque eu não me arrependia?" Na hipótese de ter falado baixo, vocifera:

– Águas passadas são águas passadas! Enterremos nossas mágoas!

O povo a aplaude pelas frases, mas ainda insiste:

– *Prd! Prd! Prd!*

É quando Jeni'Pap, que driblou o cerco das guardas e se acercou do trono na maciota, vem lhe soprar rente ao ouvido: "Fala claro. Diz *perdoo*".

– Perdoo, perdoo, perdoo! – desata a filha.

Nesse momento o povo pula e saracoteia de alegria.

Agora que é rainha, o tratamento a que faz jus é de rainha.

Dorme à noite em esteira forrada com penas de marreco. Na hora de deitar, três serviçais a rodeiam a fim de ajudá-la a se despir, o que noite trás noite ela agradece, mas dispensa. Mal se deita no macio das penas, dois serventes a abanam com folhas de bananeira no propósito de arejá-la e afastar mosquitos importunos.

Ao descerrar as pálpebras, de manhã, bate a vista numa fileira de serviçais a postos. Um lhe traz a bacia da ablução; outro, a tigela com o cuscuz; outro, o refresco de abio. Um auxiliar vem ajudá-la a vestir o prende-peitos e a calça de látex, assistência que ela torna a dispensar e que todas as manhãs o dito-cujo reitera, por considerar sua obrigação "até que a lei mude".

Como adora açaí batido, voluntários lhe garantem o suprimento da iguaria sem medir o custo do capricho. Quem vê pensa que sempre lhe esbanjaram rapapés. Não imagina a dureza que amargou antes de reinar, quando nem sorrir lhe sorriam sem a permissão de Murumu. Agora, quanto menos exige, mais a cumulam de favores.

Aproveitando que a tribo se empenha em agradá-la de todas as maneiras possíveis, arrisca pedir de supetão:

– Quero Mandi aqui, neste chãozito, amanhã de manhã.

O pedido ocasiona corre-corre entre as guardas, que disparam aos quatro cantos, cada qual mais rápida do que a outra no afã de mostrar, quando não competência no serviço, dedicação a este. Algumas varam a noite em buscas infrutíferas e se extenuam por compromisso com o dever.

Vale que uma, ao Sol romper, ouve escapulir da boca de um varredor:

– Quem sabe do paradeiro de Mandi é o Jeri'Mum, que pintava as unhas de Murumu e era também o confidente dela.

Momentos depois, Jeri'Mum informa perante o trono:

– Mandi abandonou a castanheira e se mandou daqui porque quis.

– Porque quis? – U'Yara repete, vincando a testa.

– De livre e espontânea vontade.

– Livre e espontânea – fala U'Yara, desenrugando a testa e emendando: – Diga-me uma coisa, Jeri'Mum.

– Duas, se quiser.

– Basta a seguinte: quem mandou Mandi *se mandar daqui* de livre e espontânea vontade, saberia me dizer?

– Saberia – prontifica Jeri'Mum sem titubeio.

– Assim sendo, consentiria em me dizer quem foi?

– Consentiria – afirma Jeri'Mum acessível.

– Agora, por exemplo?

– Agora, por que não?

– Faria o favor? – encoraja U'Yara com paciência.

– Faria – certifica Jeri'Mum, curvando-se em reverência, momento em que U'Yara o agarra pelo pescoço e o faz grunhir como um javali: – Murumu, Mbutiá e Maka'Xera, foram elas!

– Ah sim? Que novidade... – ironiza U'Yara, soltando o pescoço de Jeri'Mum, para indagar: – Acaso sabe por que Murumu *mandou que ele se mandasse daqui*?

– Sei.

– Fala ou te esgano! – estrila U'Yara, brandindo as garras.

Jeri'Mum se encolhe.

– Deram a Mandi duas alternativas: desaparecer ou ver a cabeça da senhora separada do corpo. Preferiu desaparecer.

Removidas de cena três vilãs, cumprindo pena de degredo no desconhecido, e um amigo que desapareceu sem registro, resta a U'Yara governar a tribo.

Mandi sumiu da capoeira. O povo, não. Mesmo intuindo que ele se exilou num ermo, não é justo que empate a tribo nem diminua a segurança desta pondo guardas e mão de obra no encalço de uma cisma.

Finando-se no céu escuro, a Lua minguante parece lhe pedir com encarecimento que não deixe a tribo Og minguar. Não se iluda, tem jeito de acrescentar, descumprir deveres não a tornará mais feliz.

A felicidade...

A felicidade lampeja nas estrelas. Deveres e obrigações, à distância de formigas. Resolve dedicar-se aos compromissos de rainha.

– Esqueçam Mandi – ordena dali a dias, sustando buscas que se afiguram vãs.

Contenta-se em criar uma comissão que investigue o desaparecimento do jovem que, além de inocente, ela havia escolhido para companheiro.

– Mandi?!

A notícia gera "valham-nos!" em cadeia pelas conselheiras, consultoras e os serventes que a cercam. Araru'Ta comenta à socapa:

– Com essas extravagâncias, vamos mal...

U'Yara faz-se de desentendida e recolhe a farpa para uso futuro, como quem arquiva dados de pesquisa.

Não é a única dividida ali. No seu caso, dividida entre anseios pessoais e deveres públicos. Nota que a tribo também se sente dividida entre o desejo de agradá-la e o império de outro impulso.

Tem ouvido comentários desgraciosos a seu respeito. Como o de Araru'Ta há pouco, sugerindo que ela é extravagante e que o povo vai mal com ela, o que de um lance desmerece seu caráter e sua gestão. Deve temer Araru'Ta?

Antes fosse Araru'Ta seu maior problema. Araru'Ta: uma oga de carne e osso, concreta, visível, dialogável, dobrável. Não. A barreira que a indispõe com a tribo é de outra natureza. Invisível e mastodôntica, controla as mentes dos súditos. Mesquinha e traiçoeira, não parece enviada de Flora e Fauna. Empedernida e inflexível, representa verdadeiro entrave entre ela e a população.

O entrave talvez se chame Lei. A Grande Lei, de que a tribo se jacta de peito cheio. Talvez essa lei devesse ter o nome de ignorância. O nome não importa. Importa que com poucas luas de reinado, descobre enxergar verde o que sua gente enxerga rosa.

A solicitude do povo para com ela é enganosa. Que ela peça leitão à pururuca ou palmito fatiado, serventes a atendem com presteza e eficiência. Que reclame do calor, logo a abanam com folha de bananeira. Expresse o desejo de assistir a um torneio de luta livre, num peteleco o torneio se realiza.

"Se a rainha quiser um companheiro escolhido a dedo, não se faça de rogar", chegaram a propor, e aí o desentendimento aflorou:

– Não quero! Quero me preservar para Mandi!

Assessoras e guardas devolveram-lhe um olhar obtuso, como se ela em vez de falar oguiano falasse grego, como se diz hoje.

– Preservar-se para um pé-rapado?

Uma anciã de hábitos inveterados, abismada com a pretensão casamenteira, sofreu uma síncope e morreu.

– Morreu de quê? – U'Yara perguntou à oga que fez a autópsia do cadáver.

– De uma rainha nossa querer se casar com um teiú.

Morrer por tão pouco? Grande tolice. Ou o pouco para ela era demais para os outros? Fosse como fosse, a anciã morrera devido a um choque de valores.

Pois bem, iguarias alimentares, luxos materiais, diversões de qualquer tipo, basta pedir para ter. Agora, querer Jeni'Pap e Tipi'Og morando com ela no Palácio das Palhas desencadeia as mais exóticas reações.

No dia em que os chamou para morar no espaço real, os pais vibraram com a ideia. Conforto e prestígio eram o de menos diante do prazer de ter a família unida. Animados, arrumaram as trouxas, antevendo as noites de aconchego em que jogariam à luz do fogo jogo da velha no chão com um graveto. Sucede que, quando estavam a meio caminho de se mudarem, um grupo de manifestantes os barrou, dizendo:

– Voltem já para o taquaral de onde vieram! O Conselho da Tribo vetou vocês dois no Palácio.

– Como assim vetou? – balbuciou Tipi, menos decepcionada do que ardendo por resolver o impasse a socos.

– Vetou porque as amas de leite – esclareceu um manifestante – pertencem ao quinto escalão e os ogos ao oitavo, não cabendo em um palácio de primeira.

U'Yara Og, naquele dia, por pouco não dissolveu o Conselho que desacatava sua pessoa. O pai, porém, dissuadiu-a de tomar atitude tão drástica. Deixasse o assunto de lado. Mudar-se com Tipi para o Palácio das Palhas seria bom mas não vital. Outras mudanças a serem feitas na tribo mereciam prioridade. Cuidasse da implantação do ensino misto, por exemplo.

O pai tinha razão, U'Yara pensou então. Assim, em vez de dissolver o Conselho da Tribo, convocou-o e falou:

– Quero os ogos nas escolas.

A veterana Tana'Yura retrucou:

– A rainha não prefere um delicioso tambaqui?

Não, não preferia. Queria os meninos ogos nas escolas.

As resistências que alguns dos seus pleitos suscitavam a estarreciam para além de compreensão. Pedisse farinha com pequi, cupuaçu ou bacuri, exageravam nas porções. O pai no Palácio? Veto sumário. Meninos ogos nas escolas? Desconversa.

Ainda assim, dando um desconto à deficiência auditiva de Tana'Yura, encheu-se de coragem e berrou:

– Quero meninos nas escolas! Deu pra ouvir o que quero? – perguntou por perguntar, pois temendo causar síncopes continuou a esbravejar sem dar tempo a repiques: – Quero os ogos aprendendo a usar o tacape e a caçar surucucus! Amanhã uma peste liquida as ogas da tribo – ponderou –, os ogos ficam reduzidos a um bando de viúvos que só sabem varrer chão e catar lêndeas? E tremem do dedão à careca quando veem uma perereca? Mesmo que tragam inclinações do berço, precisam aprender a caçar animais peçonhentos como nós ogas caçamos. Precisam aprender a extrair veneno das cobras para fins curativos. A pescar com o arco e flecha, ora essa.

A bronca da rainha ecoou pela capoeira e as repercussões desse dia, que ficou conhecido como o "Dia do Quero", foram as mais imprevistas. Um ogo entrou em coma só de se imaginar esmagando uma boipiranga com o tacape, e vários apresentaram dificuldade de fechar a boca que tinham aberto. Guerreiras sem conta, vendo-se a iniciar os ogos nas artes bélicas, foram acometidas de súbita e irreprimível liquefação das fezes à medida que U'Yara repetia, determinada:

– Quero, entenderam? Quero!

Quis. Até desistir de querer ante o bafejo malcheiroso que lhe empestou as narinas e fez retroceder, dizendo:

– Sabem o que mais? Façam o que bem entenderem.

Iludiu-se, supondo que, com Murumu, Mbutiá e Maka'Xera no beleléu, governar seria simples. Errou, atribuindo-lhes o princípio e o fim dos males ogs. Mesmo sem as biscas no pedaço, continuava cercada de medos e pavores boçais.

Vai sempre à castanheira de Mandi com a guarda-costas Sara'Rá na rabeira. Sara'Rá, nessas idas, até que não a segue de perto, a fim de lhe proporcionar certa sensação de liberdade. Sabe o quanto

U'Yara relutou em aceitar sua proteção constante, alegando perda de privacidade. Ossos do ofício. A salvaguarda da rainha foge à alçada da própria.

Do alto do galho em que Mandi se empoleirava, vistoria a mata e as tribulações que a apoquentam no governo. "Murumu sabia ditar normas", pensa com as sementes do seu prende-peitos, "eu não. Só consigo que me papariquem por seguir as normas estabelecidas. O pai acha que tumultuo a população sempre que mexo numa grande verdade. Ora, o que é uma grande verdade? Uma que regula os podes e os não podes", diz. "Justo o que quero mudar. Tem cabimento: procurar Mandi posso; casar com Mandi, não. Gostar dos ogos posso; querer que estudem, não. A vontade é abdicar...!"

Desce da árvore e interroga Sara'Rá:

– Me falta o quê, hein, pra eu ser uma boa rainha? Além de grudar em mim feito carrapato, vai me dar uma dica?

– Falta entender o povo – responde Sara'Rá sem rodeios.

No propósito de entender, entrevista um catador de piolhos inspecionando com os dedos a cabeleira de uma oga acocorada.

– Diga-me, jovem, aprecia catar piolhos por profissão?

– Precio, né.

– Não preferiria caçar ou pescar?

– Esforço demais da conta.

– O esforço energiza, ativa a pessoa. Transpor desafios faz crescer.

– Tô bem com a minha altura.

– Viver aventuras é emocionante, vencer desafios, variar de paisagem.

– Os piolhos também *vareiam*.

– Ser independente não o atrai? Ter autonomia?

– Eu tô na minha, catando piolho.

– Criar, inventar, construir, produzir com as próprias mãos...

– A senhora acha que cato piolho com os pé?

– Não lhe agradaria um filho que soubesse caçar, por exemplo?

– Me agradaria filha, não filho metido a oga.

– Está satisfeito, então, com sua condição.

– Eu tô, a senhora não?

Observa um ogo varrendo o chão coalhado de folhas, varrendo e cantando com enlevo e sentimento. Canta mais do que varre, ora juntando ciscos e folhas, ora espalhando o entulho, numa espécie de faz e refaz o próprio serviço.

Enquanto o observa, reflete: "Pra varredor não é mal apanhado". Apesar de magro como os de sua classe, é espadaúdo. Um tipo trigueiro de olhos fundos, encimados por espessas sobrancelhas. A testa larga encurva na linha dos cabelos pretos, lisos e compridos, batendo nos ombros. Os cílios se entrecruzam nas piscadas. Varre e desvarre alheio ao que faz, porém com gestos comedidos e postura ereta.

U'Yara percebe que ele canta uma toada antiga, que ela quando pequena ouvia o pai cantar, sempre lamentando, ademais, o esquecimento em que caía:

No meio das tabas de amenos verdores
Cercados de troncos – cobertos de flores
Alteiam-se os tetos d'altiva nação;
São muitos seus filhos nos ânimos fortes,
Temíveis nas guerras, que em densas coortes
Assombram da mata a imensa extensão.

Comovida, aproxima-se do varredor e o interrompe, indagando:

– Qual é o seu nome, meu amigo?

– Xuru, às ordens.

– Pois bem, Xuru, estou procurando entender meu povo. Por isso não leve a mal que lhe pergunte: o que acha de meu pai morar no Palácio das Palhas?

– Achar não acho nada, só acho meio estranho.

– Estranho por quê?

– O povo não gosta de lembrar que a senhora dependeu de um ogo pra nascer.

– Mas se eu dependi, por que tapar o Sol com a peneira?

– A senhora, mais do que um simples varredor, é que deve saber. Costume é costume, tradição é tradição.

– Existem para nos servir, que eu saiba. Desaprova também que os ogos cacem onças com lanças?

– Desaprovar não desaprovo, só não acho muito de conforme.

– Obrigada, Xuru, continue cantando – agradece com um cabeceio.

Seguindo caminho, ouve Sara'Rá atrás, que diz ao varredor:

– Ô amizade, a gente varre pra juntar cisco, não pra espalhar.

Tentando entender o povo que o destino a incumbe de reger, tem a impressão de rolar por um atalho do qual só sairá desistindo da empreitada. A menos que se resigne a ser uma rainha dessas que não apitam em nada, nem em talo de mamona.

Pior que bancar a fraca e covarde tampouco resulta fácil. Sentar-se ao trono, dia após dia, aceitando o que considera errado, incomoda-a como um ato fútil e presunçoso. Dia após dia, mirar-se na água em que lava o rosto para seu único benefício faz que se ache um enxerto supérfluo num mundo oco.

Como não trair o sonho de ver sua tribo próspera e feliz?

A tarde livre de despachos, permite-se ir ao taquaral derramar um tanto de suas ânsias sobre Jeni'Pap e Tipi'Og.

Tipi a recebe estendida na esteira. Jeni'Pap, descascando o abricó que comporá seu famoso refresco de frutas carnosas, cuja receita não revela a ninguém.

– Inacreditável! – rompe U'Yara, mãos na cintura. – Criei o maior rebu querendo vocês no Palácio das Palhas.

– A reação não me surpreende – Jeni'Pap comenta, a um tempo socando o abricó e reparando em Sara'Rá escondida atrás de uma costela-de-adão.

– Mas, pai – U'Yara objeta ranheta –, queria vocês ao meu lado me aconselhando. O que tem de errado nisso?

Jeni'Pap embebe o abricó socado numa mistura do seu fabrico.

– Convenhamos – pondera –, querer que uma ama de leite e um ogo esperto te aconselhem é depreciar tuas conselheiras e subverter a ordem og.

– Então não tem jeito, melhor me matar.

– Não exagera, há sempre o jeito da habilidade e paciência.

– A vida acaba em poucas luas e tudo nela é paciência! – rebate U'Yara com uma ponta de escárnio murumuesco.

Jeni'Pap sacode os ombros como quem diz *é isso aí*, mas U'Yara continua:

– Sinto que meus ajudantes gostam de mim. Teimam em querer me vestir e desvestir. Se eu comesse metade daquilo que me oferecem, estaria obesa. Em compensação, fui propor que os ogos estudassem, e o mais que fiz foi causar piriri num bando de guardas.

– A tribo gosta de ti e da Lei – torna o pai, balançando a cuia do refresco pronto. – Desestrutura-se quando você briga com a Lei.

– Deveria criar minhas próprias leis, pra não haver briga?

– Algumas, sim, aos poucos. Há costumes que não se mudam em um dia. A saúde tribal depende de muitos fatores, sendo um deles o bom senso da rainha.

– Gostarem de ti já é bom – opina Tipi, cuia de refresco em mão.

– Sem dúvida – Jeni'Pap reforça, acrescentando: – As deusas falam certo por linhas tortas. Pelo fato de Tipi e eu permanecermos no taquaral, não nos acusam de estar fazendo tua cabeça. É uma vantagem. Vai com tato. Repara na fala da veterana Tana'Yura. Na de Araru'Ta, que chegou aonde chegou. Repara em como invocam as deusas e as ancestrais. Faça o mesmo. Não fale difícil nem diga *eu quero*. A não ser, naturalmente, pra pedir açaí ou graviola. Pro resto diga: "Cumprindo o desejo de minha mãe Yuri'Ti, morta no meu nascimento" ou "Cumprindo instruções de Flora e Fauna", e vá confiante.

– Mentindo de forma deslavada?

– As deusas dão instruções a todos, salvo engano. Não esbanje o nome delas, mas saiba dizer: "A comando das deusas, resolvo..."

– Dizem que convém eu me incluir nos problemas...

– Inclua-se. Diga: "As deusas descontentes por inferiorizarmos os ogos.".

– Descontentes? – corta Tipi. – Não foram elas mesmas que os colocaram em segundo plano?

– Em segundo – frisa Pap. – Não em oitavo, nono, décimo!

– É verdade – admite U'Yara. – Uma coisa é a necessidade de hierarquia; outra é contemplar nossos rapazes fenecendo na subvida.

– Mostre que isso decorre de se interpretar mal os ditames das deusas.

– Como Murumu interpretou *pessimamente*, por exemplo.

– Excelente cabra expiatória. Não há como negar que ela deturpou o âmago das leis que nos foram transmitidas de mãe para filha.

– Com isso acha que me imponho?

– Vá por mim.

Na noite quieta Xuru canta, varrendo as proximidades do Palácio:

Assim Yuri'Ti, coberta de glória
Guardava a memória
Da moça guerreira, da velha Yeki
E às noites nas tabas, se alguém duvidava,
Do que ela contava,
Tornava prudente: "meninas, eu vi!"

O luar branqueja o leito de penas em que U'Yara dorme, arquejando de vez em quando. Súbito, estremece e murmura em meio ao sono:

– Xuru...

Os serviçais que a abanam se entreolham. A rainha é sonâmbula.

Maviosa soa a voz do varredor cantante. Não demora, U'Yara torna a estremecer, murmurando:

– Xuru...

– A rainha quer Xuru – palpita um abanador.

– Um varredor? – questiona o outro.

– Sei lá, abana com mais força, talvez esteja com calor.

– Xuru... – murmura U'Yara pela terceira vez.

Os abanadores tornam a se entreolhar cabreiros. Dessa vez, largam o plantão na ventarola e saem trombeteando:

– A rainha está chamando Xuru. Cadê ele?

Uma sentinela que tirava um cochilo desperta bruscamente e pensa, por um átimo, que o céu está desabando. Quando se situa, depara com Sara'Rá saindo do Palácio e chamando Xuru. Assim que o vê cantando, vassoura em punho:

– A rainha te chama – comunica.

– Pra quê?

– Vou saber? De repente quer se casar com você. Anda logo, vem.

A vassoura cai.

– Duvido que o Conselho aprove. Sou um simples varredor de chão. Pretendem mudar minha categoria?

– Calma que a operação não dói – afiança Sara'Rá.

Instante depois, os abanadores o anunciam no recinto real.

Ao se deparar com a visita inusitada, U'Yara encolhe as pernas e cruza os braços frente ao busto. À proporção que identifica o intruso, seu constrangimento aumenta e faz que ela se escude sob míseras penas de marreco.

Estava a sonhar com o varredor, não nega. Acontece que entre sonhar com ele e tê-lo ali – olhos fundos feitos rasos de tão arregalados – há uma enorme diferença. Sem falar na coincidência extraordinária. A estafa decerto embaralha sua percepção, o que a confunde e imobiliza. Como deveria proceder? Não sabe. Deveria falar ou ficar calada? Sobrevém o desespero que a compele a dizer:

– Ah, Xuru, as deusas me falaram de você!

Os mosquitos entram e saem da boca do cantor.

– Falaram de mim? – ele balbucia lívido.

Os abanadores o abanam para que não desfaleça.

– Sim, de como doravante serás meu porta-voz e estarás à minha esquerda, assim como Elas estão e sempre estarão à minha direita.

"E eu atrás", cogita Sara'Rá, que resolveu atenuar o caráter invasivo do cargo que exerce camuflando-se sob o casco de um quelídeo.

– É pra ficar à esquerda desde já?

– Não, comece amanhã, no desjejum comigo. Agora eu gostaria de reatar meu sono, por isso peço que todos se retirem, abanadores inclusive.

Deitada de lado e sem brisa de abanação, ela juraria ter visto, ainda há pouco, uma forma convexa se mexendo, mas não importa. Importa que o desespero a inspirou e ela sente que acertou na mosca nomeando Xuru seu porta-voz. Nada se compara ao alívio que traz um facho de luz na escuridão da selva. O prazer que a envolve a arrepia da cabeça aos pés. Não foi à toa que sonhou com Xuru.

– Xuru é a memória – murmura.

O deleite que lhe infunde atinar com um rumo viável a tomar afasta-a de outros problemas. Sente-se como se sentirá Gutenberg ao inventar os tipos móveis para a imprensa: como se encontrasse em Xuru, em sua memória e em seu pendor para cantar, um instrumento valioso para a difusão das ideias.

No seu íntimo, ecoa: "E se alguém duvidava do que ela contava, tornava prudente: 'Meninas, eu vi!'". Revira-se na esteira com vontade de gritar: "A memória, a memória, a memória!". Modera-se, tomando em conta a liquefação de fezes que já ocasionou.

Xuru há de ajudá-la a propagar mensagens que sacudam sua gente. Porque, afinal, as leis oguianas (como a que manda os ogos catar piolhos, e as ogas, sucuris) foram passadas de boca em boca, e ela aposta em pessoas capazes de decorar longas sequências de palavras e recitá-las bonito, fixando-as no coração da tribo.

O Sol raia, imprimindo reflexos cor-de-rosa nuns fiapos de nuvens.

– Bom dia, Xuru.

– Bom dia, U'Yara.

– Vai um açaizinho com farinha-d'água?

– Um pouco.

– Sem apetite?

– Confesso-me abalado por saber que povoei os sonhos da rainha. Esqueceu a categoria a que pertenço?

– Sossega, nem eu nem as deusas esquecemos, e não é por isso que poderei ou não me casar com você. Indo ao assunto que interessa: confirmo que serás, a partir de hoje, meu porta-voz e declamador oficial.

– Mereço tamanha honra?

– Merece. Além do que, Flora e Fauna o elegeram.

Xuru inclina-se para a frente.

– Tentarei me colocar à altura.

– Comece por comer bem. Mania de vocês ogos cultivarem um padrão de beleza descarnada... Quanto ao trabalho que te aguarda, ouve só: pretendo me isolar umas luas na grande castanheira da floresta de igapó. Lá meditarei, refletirei e esperarei orientação das deusas. Quando voltar, pedirei que você decore, aprimore e dissemine meus preceitos pela tribo. Até lá varra o chão e coma bastante agrião.

Ao fim de um retiro produtivo, em estreito contato com as Deusas, o nada, o cosmo e o tudo da selva, U'Yara Og elaborou o seguinte código de conduta, na melhor clarividência, tendo em vista seus limites:

1. Que ogos e ogas sejam instruídos conforme a idade: pequenos com doçura, jovens com energia, anciãos com deferência.
2. Que as ogas tratem os ogos de igual para igual, não para decréscimo da sensualidade, mas para acréscimo do companheirismo.
3. Que as uniões decorram da livre vontade das partes.
4. Que os parentes se unam mais pela amizade do que pelo sangue.
5. Que as lideranças se preocupem com os liderados.

6. Que as poderosas não abusem dos fracos, mas exerçam o poder com autoridade afetuosa.
7. Que as ogas peçam, não imponham.
8. Que os ogos trabalhem, menos por obrigação do que por gosto.
9. Que as categorias não dividam os que partilham a mesma origem e condição.
10. Que a tribo cresça tendo em mente que, se nem tudo se deve a todos, a todos se deve respeito e justiça.

V

Após o retiro na castanheira, U'Yara introduz novas orientações na tribo.

Seu código de conduta, musicado por Xuru num ritmo brioso e envolvente, transforma-se em quase hino. Ele o canta pela taba ao cair da tarde, nesse horário do crepúsculo em que futuras emissoras de rádio tocarão a "Ave-Maria". Nas manhãs sem chuva, haja sol ou neblina, perfaz o contorno da capoeira, divulgando com garbo cantigas instrutivas:

Por que em vez de catar piolhos
Não raspar logo o cabelo?
Varrer chão é ação bela,
Mas existem mil como ela.

Flora e Fauna pedem dança
Temperança e alegria sem medo
Seriedade em certas horas,
Já em outras, só folguedo.

Crianças o cercam e acompanham, cantando junto. Por repetirem as cantigas como um mantra, durante horas, contribuem para que as letras se fixem e influenciem o segmento adulto que as assimila. De maneira que cortar o cabelo rente ao couro cabeludo entra em voga na juventude. A própria U'Yara adere à onda e tosa a grenha como convém – ganhando em higiene, perdendo talvez um pouco em encanto.

A campanha musical, num primeiro momento, visa animar e descontrair a tribo, efeito que vem ocorrendo, bem ou mal.

Os ogos crescem com menos repressão. Na fase de engatinhar, pegam em besouros e matam baratas menos receosos de encolerizar as mães. Na idade de brincar de "ogo bom e ogo mau", não só ouvem menos o lembrete: "Ogo que é ogo cata lêndea e varre chão", como ganham menos bofetões. Os idosos se habituam a assimilar escândalos sem síncopes e desmaios. Os que ficaram viúvos se restringem a tartamudear saudosos das companheiras que os enfartes levaram: "Envelhecer para testemunhar essa reversão nos valores!".

Das cantigas que U'Yara e Xuru compõem em parceria, duas pegam como coqueluche e dizem num andamento de marchinha folgazã:

Qualquer coisa que se ponha
Na farofa de uma ação
Não esqueçam de pôr bossa,
Jeito, gosto ou vocação.

Como saber o que sou?
Como saber o que ser?
Ogas, ogos, um dos meios,
É fazer e não temer.

Por todas as faixas e setores, ninguém escapa de decorar as letrinhas. Os catadores de piolho as cantarolam direto, alguns admitindo a hipótese de um dia praticar outras artes e ofícios. Por ora, apenas admitem e ficam nisso, nada indicando que estejam prestes a largar a rotina de suas catações.

No meio das guerreiras, inclinadas por natureza à ação, as que cogitam exercer eventual profissão leve já pleiteiam o direito a tal, alegando ser injusto que só os ogos tenham vida mansa. Daí a provar que têm pendor para o leve, sem provocar gargalhadas, é outra história.

Enfim, por mais que Jeni'Pap e Tipi'Og continuem excluídos do palácio (os motivos nem Flora e Fauna entendem), por mais que Xuru continue achando esquisita a presença de ogos nas forças armadas, as ideias de U'Yara circulam, quando não ampliando mentes, fortalecendo corações e intestinos.

Acontece que alegrar o povo, edificá-lo e reformá-lo gratificam a rainha; porém, não bastam para realizá-la. As demandas da juventude vão além.

Nossa heroína atravessa a idade em que os jovens de qualquer época aspiram a bater asas e voar para longe do ninho que os aninhou na infância. Em que hoje, quando o preço de um aluguel torna voar impeditivo, certos jovens confundem bater asas com dirigir um carro por aí. Pois bem, U'Yara Og também tem ímpetos de pegar a canoa e sair remando até os confins. Para bem longe do ninho que mal a aninhou em pequena. Gostaria de explorar as extensões bravias da selva, de escolher um lugar novo e pitoresco para morar, de constituir família com um ogo afetuoso e atraente.

Enquanto isso, Xuru torna-se um amigão. Canta, compõe, declama e sempre anima a rainha quando a vê tristonha. Se um ogo entre todos merece seu apreço, é Xuru.

A falta de Mandi não justifica que se enterre viva por um amor perdido. "Vai ver se escafedeu com outra e anda me passando pra trás...", aventa, dando largas à imaginação. Ademais, a alimentação de Xuru, desde que feita à esteira do poder, dotou-lhe o todo lânguido de uma robustez positiva. Uma filha que lhe herdasse a harmonia dos traços seria bela, cogita. A ponto de ir perguntar ao pai:

– Será que dava pra mudar Xuru de categoria?

– Pra que efeito, posso saber?

– Pra ser meu companheiro. Depois que Mandi sumiu, ele é meu único amigo.

Jeni'Pap coça a cabeça. Sofre ao ver a filha investindo a mocidade na esperança baldada de um retorno improvável. Daria tudo para rever Mandi, mas avalia que o rapaz desapareceu definitivamente.

– Esse Xuru já te olhou pegajoso? – indaga.

U'Yara, antes de responder, enverga um ar pensativo.

– Se já me olhou com um olhar grudento que nem visgo? Acho que sim...

– E a necessidade de mostrar que você sem ele é um zero à esquerda?

U'Yara reflete, dedo ao queixo:

– Vive sustentando que desafino quando canto.

– Então, talvez sirva... – remata Jeni'Pap sem convicção.

Na manhã seguinte, ao se lavar, ela tem a nítida impressão de que o fantasma de Mandi se desprega dela, cai na água da gamela e se esvai. Compreende que uma fase de sua vida terminou. A fase em que construía ninhos no ar e era fiel a miragens.

O açaí do desjejum, doce e suculento, tem sabor de Xuru. Xuru povoa sua realidade. Ajuda-a no dia a dia. Com sorte, poderá lhe dar formosa prole.

Dali a pouco, reúne as conselheiras e comunica a intenção de desposá-lo:

– Desposar... Xuru? – certifica-se Tana'Yura, mão em concha atrás da orelha.

U'Yara confirma:

– Perfeitamente.

– Xuru... Xuru?

– O próprio.

– Muito bem – intervém Araru'Ta, postando-se entre o trono e as demais reunidas. – Temos em Xuru um pretendente a considerar. Acontece que também temos assuntos mais urgentes a tratar.

Um silêncio desapontado toma conta das ogas que preferiam tratar das núpcias reais. U'Yara, farejando encrenca, concede:

– Que assuntos são esses?

– Ora, a produção, o abastecimento, o consumo de bens, entre outros.

U'Yara baixa a cabeça como quem veste a carapuça. Nisso de querer mudar a mentalidade da tribo, vem desprezando questões práticas. Se bem que todo começo de governo é um começo, defende-se, o seu não transcorreu flanando no remanso da lagoa.

– A rainha me ouviu? – cobra Araru'Ta, tentando tirá-la das lucubrações.

– Sim – vira, súbito sentindo a boca seca, razão pela qual pede que lhe tragam uma cuia grande de *grn*.

Araru'Ta abana a cabeça em sinal de reprovação.

– O esgotamento do guaraná na região – diz – é exatamente um dos problemas que nos afetam no momento.

– Uma cuia pequena basta – emenda U'Yara.

Por mais irritante que seja reconhecer, Araru'Ta tem razão. O cipó do guaraná escasseia no entorno da capoeira e ela a se preocupar com casamentos e irrelevâncias. Sem argumentos a contrapor, pergunta:

– Que medida sugere que se tome?

– Diminuir o consumo.

– Provisoriamente, suponho...

– Claro, pra acabar com a escassez, só indo em busca de novos cipoais.

– Não deixa de ser uma ideia válida – registra U'Yara tão sem entusiasmo quanto impactada pelo plano.

– Mais do que válida, excelente – corrige Tana'Yura, um fulgor transpondo os olhos turvos.

As conselheiras reunidas cabeceiam dizendo umas às outras: "A ideia é boa mesmo".

– Em sendo assim – torna U'Yara –, partamos em busca de novos cipoais.

Aprovada a expedição, desce do trono, troca meia dúzia de cumprimentos e vai para a castanheira onde de vez em quando espairece.

No caminho, reflete chutando uma lacraia: "Onde fui me meter! Em todo o caso", pondera, "a expedição nos dará o que fazer. Eu não queria aventura? Eis que a aventura se apresenta. Não é a que eu queria, mas enfim...". Põe tento em duas libélulas voando parelhas, aos arrancos e recuadas.

Sobe na castanheira, tirando com a língua umas lágrimas que se alojaram na comissura dos lábios. Não sabe por que chora. Soubesse, choraria mais ou choraria menos, mas choraria sabendo. Encarapita-se no esgalho que Mandi chamava de seu mirante. Dali a visão abarca o céu mormacento e um oceano de frondes. "Ô, meu pai, que diazinho!", suspira. Consola-se pensando que acima do mormaço existe um azul limpo como a felicidade.

Em que pesem as premências de uma realização pessoal relegada a segundo plano por obrigações de ordem superior, a expedição pelo guaraná acontece.

A necessidade de realizá-la dinamiza a tribo como um fermento atuando na massa de um bolo. Boatos, diz que diz que, atração pelo desconhecido aliciam voluntários por contágio. Quando se percebe, todos na tribo querem partir no oba-oba.

– Soube da última?

– Soube.

– Aonde mesmo que se vai?

– Aonde há guaraná em abundância.

– Pretende ir?

– Quem não?!

Pretender não iguala ir. O deslocamento coletivo requer preparo cuidadoso.

Provisões, unguentos, água potável, ervas medicinais têm de ser levados em quantidade suficiente para não virar sobrecarga. Impõe-se levar um mínimo de redes, cordas, tachos e esteiras, bem como um máximo de arcos, flechas, tacapes e arpões. Penas de marreco para o conforto da rainha tampouco podem faltar.

Durante a ida, terão de ir marcando os troncos das árvores com uma insígnia, um emblema inconfundível que resista às intempéries, para que não se percam na volta.

O que farão se um varredor começar a se contorcer de câimbra ou recuar com saudades da capoeira? E se a floresta desembocar num despenhadeiro intransponível ou num deserto estéril? Nenhum contratempo é descartado por absurdo ou indigno de análise. Só as possibilidades que ninguém menciona ficam fora do debate.

Apesar do interesse geral, não há como a tribo sair todinha em missão exploratória. Organiza-se de início um recrutamento seletivo de guardas e guerreiras, "únicas em condições de suportar o tranco", avalia U'Yara. Araru'Ta, para quem a avaliação soou discriminadora, convence-a de que um plantel de conselheiras é imprescindível ao sucesso da jornada. Acontece que, se Araru'Ta vai, Tanayu'Ra não fica atrás. Irá também, e em função da idade, com direito a liteira e serviçais que a abanem. Aberto o precedente, as conselheiras requisitam falange respeitável de catadores de piolhos e carrapatos para apoio da tropa; manicuros e varredores de espaço; cozinheiros trivial-simples e um perito em defumados.

Atendendo ao caráter investigativo da expedição, convidam-se mestras desejosas de estudar os rincões inexplorados aos quais irão. Mestras que, além de terem olho clínico para coletar bagas e espécimes raros, saibam dar nomes sonoros a plantas e animais nunca antes vistos.

Por uma questão de sobrevivência, convocam-se curandeiras para que efetuem curas e alarguem em campo o conhecimento das ervas, bem como operadoras capazes de realizar cirurgias de improviso em situações adversas. A cirurgiã-chefa fará jus a liteira que a resguardará do cansaço e lhe preservará as mãos.

No intuito de evitar deserções e colapsos inexplicáveis, agrega-se à marcha um contingente significativo de mímicos, cantores e dançarinos para a necessária diversão da armada. De modo que, no final, acaba-se permitindo que quem quiser viaje, exceto crianças, amas de leite, portadores de deficiência, doentes terminais e quem preferir ficar a ir.

Jeni'Pap e Tipi'Og permanecem no taquaral. Não porque estejam impedidos de integrar a expedição de desbravamento e, sim, porque condenam seu tamanho excessivo, suas proporções extravagantes.

– É temerário tanta gente desembestar selva adentro. A começar pela rainha, que precisa se preservar – diz Jeni'Pap à filha. – Despache primeiro um pelotão de sondagem e veja o resultado antes de sair com tudo.

O conselho paterno entra por um ouvido e sai pelo outro. U'Yara está na idade de bater asas e sustentar independência. Qualquer dúvida que alimente sobre o bom senso da excursão evapora-se diante da tribo eufórica. Ogas e ogos que sempre viveram nos limites de fronteiras pouco maiores que a capoeira vão agora ultrapassar essas fronteiras. Trata-se de um empreendimento excitante e ousado. Ou serão recompensados por ousar (e achar que a vida sem guaraná é uma pobreza), ou nem pensar.

– Não vá, minha filha! – Jeni'Pap apela a U'Yara, que replica taxativa:

– Vou sim, meu pai.

Ogas e ogos nunca atravessaram o vale extenso que há ao norte da capoeira, por acreditar que o lado oposto pertença a forças inimigas das deusas. U'Yara pergunta às mestras de onde veio tal crença e, não contente de ouvir por resposta o velho e surrado "Das ancestrais", decide:

– É pra lá que vamos.

Na liderança da expedição caminha Sara'Rá, um pouco à frente da rainha, de quem ela acha que devia guardar as costas, indo atrás, mas quem é ela para achar.

Caminhar de Sol a Lua põe a tropa no limiar do vale ao norte, uma depressão larga e rasa de terreno, e não mais assustadora que o resto da selva. Uma encosta suave se aplaina, outra suave se alevanta. Não impede que, aí, muita gente boa trema como vara verde à beira do Inferno – instância, aliás, que a cultura oguiana ignora. Depois da morte, as ogas comportadas viram orquídeas raras e os ogos corretos, musgo macio. As pessoas dúbias se transformam em poeira insignificante. As más, em solo infértil. Seja como for, a tropa atravessa o vale raso e se assenhora do lado oposto. Com isso, além de recobrar sua confiança, sente que deu um passo histórico. A partir dali, nada mais será o mesmo.

Dentre os rumos ínvios que se apresentam, U'Yara escolhe o que coloca o Sol à esquerda e dele se afasta numa diagonal que tende para o Levante. Sara'Rá não objeta, nem as conselheiras. Sentem-na guiada por um chamamento das deusas.

Caminhar por mata densa é manobra lenta. Uma clareira que se rasgue, por menor que seja, acelera o ritmo da andada. Onde águas rumorejam, a tropa se dessedenta e segue em frente, aproveitando a claridade do dia. Na floresta virgem de pegada oguiana, ramos se emaranham à vontade. Estranhas frutas despontam; caças peculiares. O cenário da selva se desdobra a um tempo igual e surpreendente.

Num alagadiço semelhante a uma savana, guarás-vermelhos e garças-brancas planam ao sabor do vento, indo pousar no verde da vegetação encharcada. Jaburus revoam como o elenco de um espetáculo perene. A natureza intocada goza de privacidade com a amplidão do espaço e do tempo.

"O tempo aqui passa a seu tempo", reflete U'Yara com suas sementes, quase abalroando Sara'Rá, que estacou sem aviso junto ao refúgio de uns gatos-maracajás.

– Peguem! – grita a guarda-costas, dirigindo-se às guerreiras próximas, que já disparam flechas e arpões, sem dó dos felinos.

Seguem-se uivos e pancadas, em meio a um agito intenso e irrefreável.

– Deixem o filhote fugir! – manda U'Yara às eficazes atacantes. – Deixem! Pra que tenha a oportunidade de crescer!

Manifestou-se com atraso. O tumulto serena em torno dos bichanos que logo serão reduzidos a peles e guisados. Nem o filhote teve a sorte de escapar do ataque. U'Yara, desolada, recrimina Sara'Rá:

– Desde quanto te cabe dar ordens e contrariar as minhas?! Mandei poupar o filhote! – cobra, abrangendo com o olhar as caçadoras sanguinárias que a desatenderam. – Vamos – fala, afastando-se da matança, não sem se sentir um pouco injusta com quem, afinal, determinou o ataque na melhor das intenções.

Sem novos incidentes do gênero, acampam ao escurecer. Tornam a partir ao clarear. E assim fazem durante quatro sóis.

Com cinco dias de expedição, os cobiçados cipós não avultaram ainda na concentração desejada. Até que isso ocorra, o avanço seguirá. Baixas como a do varredor que uma aranha imolou, achaques e mazelas que retardam os passos de uma minoria são inevitáveis, ou como se diz, fazem parte do programa. A tropa sabia que a expedição era arriscada.

Então a selva se rarefaz, vindo a encimar um palmeiral que se alça ao longe numa ondulação serrana. O palmeiral, menos comprido do que largo, enche a vista de U'Yara. Seus olhos, de repente, não precisam de mais nada para se bastar. Contempla o panorama um instante em silêncio, daí decreta descanso. Mãos em viseira sobre a testa, afia a vista e a crava no topo da ondulação que fecha o horizonte. Após um tempo assim, comenta com Xuru, que se acercou:

– O raio me parta se não vi gente se mexendo naquele monte – aponta.

– Devem ser onças – diz Xuru.

– Sou mais tamanduás – vira Sara'Rá.

– Pelo sim, pelo não, pernoitamos aqui – torna U'Yara, atenta ao ponto em que distinguiu movimento.

Pouco depois que se pronunciou, sem mudar de posição, trazem-lhe Jeri'Mum, que insiste porque insiste em lhe contar o seguinte:

– Minha avó falava de uma região habitada por criaturas metade gente metade onça, não me lembro se era gente na parte de cima ou na de baixo, mas desconfio de que o morro defronte esteja nessa região.

– Obrigada por me informar, Jeri'Mum, tenha a bondade...

Torna a se ensimesmar, entregue à contemplação do cenário.

Ao cabo de instantes, incumbe Sara'Rá de ir com um pequeno destacamento até o morro que a intriga, a fim de investigar o que se mexe por lá e voltar dizendo se vale a pena a tropa se abalar em explorá-lo.

– Se eu for até o morro e nunca mais voltar, a rainha ficará sem guarda-costas – lembra Sara'Rá, relutante.

– Arranje então quem vá, pra que eu possa decidir o que fazer.

– Eu vou – apresenta-se a generala Im'Bu no jeitão robotizado e cilíndrico herdado da avó Uru'Tu.

– Aí também não – rebate Sara'Rá com truculência. – Nesse caso vou eu.

Cultiva uma rixa antiga com Im'Bu, que cerra os punhos beligerantes e estufa o peitoral de tanque, provocando-a:

– Vacilou, perdeu a vez...

U'Yara vale-se da alfinetada e aceita que Im'Bu cumpra a sondagem preliminar. Não convém mesmo ficar sem guarda-costas enquanto acampa.

Amanhecendo, Sara'Rá, que mal dormiu no curto período em que duas guardas a substituíram na vigilância da rainha, é a primeira a estar de pé no acampamento. A selva ressona submersa na penumbra, quando se perfila diante dela a silhueta de Im'Bu voltando das paragens que sondou.

De modo instintivo, flexiona as pernas, alonga os braços, cospe a goma de mascar que guardou na boca a noite toda. Pensa que não troca o posto de guarda-costas pelo de generala em chefa, ademais de achar que Im'Bu caminha com execrável arrogância. De maneira que se atocaia atrás de umas moitas e espera quieta que Im'Bu se acerque.

Instantes passam. Im'Bu vem. Está cada vez mais perto. Quando criança, Sara'Rá apanhou da que vem vindo. Nunca a perdoou pela surra gratuita. Por isso, na fração de segundo que lhe dita um capeta inimigo das deusas, estica a perna e dá uma rasteira na que vem.

Im'Bu despenca como um tronco maçudo, esmagando o rendilhado de uma avenca. Nem por isso tarda a se reerguer de um salto ágil e a investir furibunda na guarda-costas que se esbalda de rir. De um soco racha o queixo de Sara'Rá, pondo fim à caçoada (pois se Sara'Rá é parruda, Im'Bu é parruda e meia).

O barulho da luta acorda U'Yara, que pisca os olhos seguidas vezes, esfrega as pálpebras, esperta o tino e se depara com Sara'Rá gemendo e segurando o queixo com as mãos. A pique de perguntar que mal a assola, reconhece Im'Bu e se esquece de fazê-lo, ardendo por saber das novidades:

– Senta aí, generala.

Im'Bu faz continência e se senta.

O clarão da aurora libera o canto dos pássaros. Libera tosses, bocejos, pigarreios e espirros pelo acampamento. Casais de enamorados se separam com beijos e vão cuidar dos afazeres. Distribuem-se goles da água racionada nas moringas. Castanhas, pupunhas, seriguelas. Quem destrincha seu naco de caça então ouve U'Yara bradar:

– Brincadeira tem hora, comandanta! Fala sério! Quer que eu engula que num morro como aquele tem gente como a gente?! Tem certeza de que não é... metade gente metade onça?

– Tenho – assevera Im'Bu, a quem os gemidos de Sara'Rá não comovem. – Gente com dois olhos, uma boca e um nariz.

– Dois braços, duas pernas?

– Com a diferença de que são mais adiantados do que nós.

Integrantes da tropa, de cabo a rabo, ligam as ouças na conversa e se aproximam de onde ocorre. Custam a crer no que ouvem. Gente na selva além da Tribo Og? Compreende-se que a rainha mordisque a boca com os dentes e Sara'Rá tape a dela com as mãos (não sabem que está a engolir sangue).

– Mais adiantados que nós?

– A rainha pode crer. Fazem misérias com o cipoal que têm atrás do morro.

– Que nem Yuri'Ti fazia com o látex?

– Numa noite apenas não deu pra comparar, mas é provável.

– Falem alto! – pede uma conselheira entre ouvintes que se apinham.

– Fazem misérias com o guaraná! – berra Im'Bu. – Desde refresco de guaraná, a pão de guaraná, bolacha, mingau, biscoito, xarope, geleia, unguento, licor, limpa-palha, limpa-pedra, limpa-barro, cataplasma, mata-pulga, mata-rato, por aí vai!

Ávidas pelos pormenores da descoberta, ogas das mais valentes se acotovelam e pisoteiam. Uma guerreira, aproveitando o aperto, belisca um manicuro que solta um ai estridente, obrigando U'Yara a censurá-la e a mandar a tropa se sentar, com exceção de Im'Bu, Xuru, Araru'Ta e Tana'Yura.

– Essa gente lá... fala que nem a gente? – prossegue.

– Se não melhor – responde Im'Bu. – Porque entendi o que disseram e aqui ogo fala que não entendo metade.

– Não estou gostando – atalha Araru'Ta. – E o nome dessa gente?

– Maué.

– Não recomenda – torna Araru'Ta, sem a calma de U'Yara, que retoma:

– E diga, Im'Bu, como foi que te receberam?

– O chefe me deu flores – conta a generala encolhendo os ombros, meio que a se eximir, constrangida.

– Flores?! Chefe?! – vozeiam as ogas.

E os ogos:

– Valham-nos, Flora e Fauna!

Arrepia a sensibilidade oguiana que ogos deem flores a ogas (quando o certo é o contrário) e por cúmulo obedeçam a chefes em vez de chefas.

– Apesar da noite, deu pra ver como moram?

– Em cabanas de maúba.

– O que comem?

– Assam maús na fogueira, que eu vi...

– Esse caldeirão de *maueza* deve ser apagado da face da selva – resume Tana'Yura, concluindo com a voz da experiência: – Ou os dominamos ou dominarão a gente em três tempos.

As guerreiras apoiam. Araru'Ta e Im'Bu vacilam, balançando a cabeça. U'Yara e Xuru se entreolham como náufragos que o rio arrasta.

– As deusas me dizem que esses maués roubaram nosso guaraná – volve Tana'Yura, em seguida perguntando a Im'Bu: – O que lhe dizem as divindades, rija e sóbria generala?

– O mesmo – vira Im'Bu, entre pega de surpresa e respeitosa à anciã.

Araru'Ta observa:

– Pra dominar esses maués precisamos de um plano...

– De ataque? – emenda U'Yara, temendo não estar à altura das circunstâncias. – Pera aí, vamos com calma – acrescenta, o íntimo distanciando-se do burburinho por falta de ânimo, até que a mente consegue encarar o momento espinhoso com senso prático e ela formula: – Escuta, Im'bu, caso *dominar* signifique *atacar*... Qual o tamanho das maués? São altas, baixas, gordas, magras? Temos condições de enfrentá-las no muque?

Im'Bu arma um bico com a boca e vira os olhos para cima antes de responder:

– Temos e com vantagem, pois lá o exército é masculino.

– Não diga...! – manifesta-se Xuru, com um espanto eivado de ironia, ao mesmo tempo que U'Yara rompe triunfante:

– Arrá! Quantas vezes não falei! Isso de ogo entrar ou não entrar no exército é uma questão de hábito, não se trata de uma lei eterna e atemporal como a que impede bicho sem asa de voar!

– Acontece que o hábito faz o ogo – Xuru resmunga. – Até hoje nunca vi um único derrubar no muque uma oga.

– Nem eu – confirma Im'Bu, cruzando os braços musculosos. – Cá entre nós: a julgar pela magreza dos maués que me conduziram ao chefe – ri, sacudindo as espáduas –, calculo por baixo que uma oga nossa seja capaz de liquidar dez deles.

A estimativa empolga a assistência e mais ainda Araru'Ta, que proclama:

– A mensagem das deusas está claríssima: o guaraná que um dia foi nosso deve voltar às nossas mãos. O que estamos esperando pra recuperá-lo? – Estuda o efeito que suas palavras produzem, evitando cruzar olhares com U'Yara. – Que Flora e Fauna apareçam?

– Não será necessário incomodá-las – garante Tana'Yura, que se orgulha de ter com as deusas uma relação estreita. – Acabam de me lembrar – afirma, provando ser fraca de audição somente no âmbito oguiano – que o nosso destino é de crescimento e expansão. Ah, e que nos princípios dos princípios Elas nos deram a mata por morada e tudo que nela há por sustento. Portanto, se há em mãos alheias cipoais que nos pertencem, é porque fomos espoliados.

– Me tirou as palavras da boca – confessa Araru'Ta, curvando-se diante da veterana, momento em que a tropa desata a gritar:

– *Ldrs! Ldrs! Ldrs!*

– Pera aí, gente, ladrões por quê? – U'Yara tenta esfriar a fervura.

– Porque se apoderaram de nossas reservas florestais – Araru'Ta explica.

– Duvido que as devolvam sem guerra – opina Im'Bu.

– Guerra?! – estrila U'Yara, tão confusa e aturdida que o estrilo repercute como uma declaração, ou assim interpreta a leva que a aplaude e ovaciona, abrangendo guerreiras, conselheiras, curandeiras, operadoras, catadores, varredores, vale dizer, a tropa inteira.

Abismada com o que a torna popular, fica pra lá de aturdida quando umas guardas se adiantam e a carregam nos ombros, rodeada por um tropel de fãs que a consagram em transe: "Salvadora da Pátria" e "Restauradora do Orgulho Oguiano".

Em vista da guerra que se prepara, ogas e ogos proferem rezas, bravatas, louvações. Saturam U'Yara de tal modo que ela desmaia e aquieta o acampamento ao preço de receber na cara uma série de tapas revigorantes.

Nem bem recobra os sentidos, decreta descanso obrigatório até a próxima Lua vagar o céu e ela anunciar o que farão.

Araru'Ta argumenta que descansar na hora errada pode ser contraproducente. "O tempo tudo devora!", apregoa sem consequência. U'Yara decide dedicar o dia à reflexão e recomenda que a tropa siga seu exemplo:

– Comam, durmam, reponham as forças.

A seguir se isola para ter sossego.

Medita sem perseguir um fio lógico até o Sol a pino sugar o sumo das folhas. O calor massacrante a impede de desenvolver um raciocínio coerente. Aquece seu crânio num grau em que os pensamentos derretem, antes de se encadearem num todo.

Numa espécie de cacoete, esfrega o rosto várias vezes, e o contato com a pele áspera a acabrunha. No minuto seguinte, roga que uma curandeira a hidrate com pasta de andiroba e copaíba. De mau humor, perde o foco das reflexões. "Um refresco de guaraná cairia bem", pensa no final da aplicação. Contenta-se com um de ubaia.

Nisso a tarde se escafede. Os pássaros se aquietam. A abóbada celeste encarvoa sem prévios tons inspiradores. Nem as estrelas da noite inspiram a líder que nelas busca estímulo, se é que não a entristecem.

Janta uma seleção de amêndoas e bagas de abiu, daí pede que a deixem só como vinha estando. Não tardará a decidir o que fazer. Sozinha pensa melhor e, no relento que a envolve como uma compressa fresca, vai pensando com nitidez: "Os pilares da conjuntura são: gente como a gente brotou na selva que nos pertence. De acordo com Im'Bu, exploram bem as reservas de guaraná de que dispõem. O que afirma ter visto, eu mesma não vi com meus olhos. Vi e vejo as tristes perdas que sofremos. Segundo o último relatório: cinco carregadoras à beira de se extenuarem abandonaram o fardo que carregavam para não serem largadas na mata; três dançarinos, ao irem dançar numa várzea, afogaram-se feridos por ariranhas; um varredor ardeu de febre, bambeou das pernas, deitou-se na terra e não mais se levantou; outro tomou por raiz de figueira o jacaré-açu que o abocanhou. Esse desperdício de vidas...!".

Chegar aonde chegaram não foi fácil. Desbastaram mata galho a galho, a despeito dos mosquitos que turvavam a vista e grudavam na pele o tempo todo. Enfrentaram temperaturas tão altas que sombra alguma atenuava. A cantoria das cigarras empanou a de Xuru, que, além de rouco, está com as costelas à mostra.

Computando os percalços da viagem, acaba que adormece e sonha.

Sonha que um velho de cãs longas e corcunda saliente lhe diz: "Filha, não te estou reconhecendo!". A voz é a do pai, mas ela não acredita que seja Jeni'Pap. Ao separar-se dele, luas atrás, ele não era tão velho e decrépito. Sendo quem for que a repreenda, Im'Bu o derruba com um chute. U'Yara tenta socorrer o velho, não consegue – não é Im'Bu que impede, é o sonho. Então, Araru'Ta, que no sonho tem asas em vez de braços, sobrevoa a cena, falando: "Atenção, atenção, ogos e ogas, tratem de votar. Quem for a favor de recuperar na marra o guaraná roubado levante o dedo". Diante de dedos que se eriçam como as cerdas de um porco-espinho, ela declara: "Recuperação aprovada. Alguém contra?". Jeni'Pap berra: "Eu sou! Sou contra usar força sem negociar!". U'Yara, que alterna olhar o pai no chão e a conselheira voando, apanha um torcicolo. Araru'Ta pergunta à tropa: "Topam negociar com ladrões?". A tropa responde: "Nããããão!". Jeni'Pap implora: "Pelo amor das deusas! Acabem com essa aventura louca!". U'Yara fala para o pai: "Esquenta não, se a gente for recuperar o guaraná que nos roubaram, será sabendo que uma guerreira nossa liquida dez deles". A voz do velho se reduz a um sopro: "Rainha, não seja irresponsável!". Pra quê. Im'Bu torna a chutá-lo porque pôs em dúvida o bom senso da soberana. Esta, por fim, sabendo com quem fala, justifica: "É a lei da selva, pai. Vou à guerra porque a crise do consumo está feroz e a vida sem guaraná é uma pobreza". Araru'Ta resume: "É isso aí", e com os poderes que detém no sonho, transforma Jeni'Pap num tubérculo.

Com um sobressalto de lagartixa em pânico, U'Yara acorda e ofega, feliz por compreender que a mutação do pai só aconteceu em sonho.

Estica as pernas, revolve a nuca, ajusta o prende-peitos, observa um instante o voo celeste de uns periquitos. Queria ser pássaro. Não é. Prometeu tomar uma decisão, não tomou. Cadê Sara'Rá? A barriga ronca, alardeando fome como um gongo. Recebe uma pacova amarela, que não fere e dá sustância.

– A senhora decidiu? – arrisca o serviçal que a atende.

– Decidi – mente, para não ficar mal.

– Posso saber a decisão?

– Quando a Lua vagar o céu.

Decidiu que na hora *g* decidirá alguma coisa.

O céu ficou vago para o Sol. Nesse momento, raios X que se tirassem do espírito oguiano revelariam na chapa a presença de nódulos belicosos. A tropa quer guerra, U'Yara se convence, prevendo que reprimir semelhante anseio será inútil.

– Preparem-se para lutar – diz então, frisando a seguir: – *caso*, e apenas *caso*, os maués nos ofendam demais da conta.

A ressalva deixa em aberto um possível acordo com o oponente.

– Primeiro conversa, depois, veremos – acrescenta.

Persuadida de que a conversa redundará no *veremos*, Im'Bu mobiliza a tropa. Marcharão no comecinho do Sol quente, para assim pegar os maués de surpresa no horário da modorra.

– Entregues às redes e esteiras, compreendem?

– Talvez sigam horários diferentes dos nossos – pondera U'Yara. – Sem saber a que horas fazem a sesta, corremos o risco de pegá-los na plena energia.

– Nesse caso – replica Im'Bu –, merecerei que me furem com um arpão.

U'Yara, a pique de mandá-la às favas, controla-se e aprova a tática.

– Sigamos as instruções da generala.

Ordem dada, ordem obedecida.

O palmeiral é transposto debaixo de Sol impiedoso. Pelo aclive que leva aos maués sobe a coluna oguiana. Guerreiras na vanguarda camuflam-se atrás de palmas e se esgueiram sorrateiras por entre tufos de plantas. Os pios e os grasnidos das aves, umas a cortar os ares como rojões, abafam os passos da armada em movimento.

– Se são tão adiantados – comenta um varredor na retaguarda, com referência aos estrangeiros –, poderão de uma olhadela nos transformar em percevejos.

– Ou em sapos – sugere um dançarino.

– Ou em papagaios – palpita um cantor.

– Ou em gambás – receia um mímico.

Comentários isolados à parte, o grosso da tropa avança muda e cautelosa em direção a uma ofensiva desancada de razão.

A encosta por onde sobem se aplaina ao topo e de lá descai. Antecedendo esse patamar, um recorte geológico favorece o ajuntamento da tropa. Im'Bu susta o avanço oguiano, impõe silêncio e avisa, por meio de gestos, que estão perto da aldeia maué. Para a rainha, explica:

– Se houvesse fogo aceso, haveria fios de fumaça no céu. Não há, porque o povo almoçou e dorme de barriga cheia, como falei. Mesmo que haja uns acordados palitando os dentes – conjectura, piscando o olho –, o ataque vai ser mole.

"Mole demais pra minha inocência", diz-se U'Yara, indo e vindo cabisbaixa, mãos unidas atrás de si. Nesse estilo vai e vem sobre os próprios passos até trepar na corcova de um cupinzeiro e perguntar à tropa, em tom contido, porém claro:

– Quem teme enfrentar os maués?

De ponta a ponta do ajuntamento o silêncio se aprofunda, antes que uns ogos na retaguarda confessem estar com medo *sim*. U'Yara, sem humilhá-los, fala:

– Os que temem enfrentar os maués permaneçam onde estão. Irei sozinha travar contato com o inimigo ou, quem sabe, com nossos futuros amigos.

– Acho uma temeridade sem par – diz a generala.

– As guerreiras me acompanharão à distância de umas cinquenta árvores, tendo em mente que as proíbo de atacar quem estiver descansando ou dormindo.

– Morrer dormindo, em minha opinião, é a melhor morte – torna Im'Bu.

– Que seja. A proibição está mantida. Tentarei me entender de imediato com os maués e, se à noitinha eu não voltar – pausa, procurando estabelecer contato visual com essa ou aquela guerreira –, obedeçam à experiente Tana'Yura e à habilidosa Araru'Ta como se obedecessem a mim.

A anciã esboça um muxoxo de despeito por se ver posta na mesma canoa que uma jovem, que, aliás, indaga sem embaraço:

– Não querendo me precipitar... Mas, caso à noitinha a rainha não volte, nem de manhãzinha, quem deve sucedê-la?

– As deusas hão de vos instruir – responde U'Yara, descendo do cupinzeiro.

Parte em missão de paz. Guerra, quando muito, em defesa da vida, e olhe lá. De se afastar do sensato basta a expedição em que se meteu, em que a meteram, em que meteu a tribo, já não sabe. Se houver guerra, será entre ogas fortes e maués fracos, segundo Im'Bu. Que não seja, ademais, entre ogas fortes e acordadas e maués fracos tirando soneca, pois covardia tem limite.

Com firmeza de atitude, envereda por território maué. Vai vulnerável de propósito, em sinal de boa-fé. Corre perigo, indo sem lança ou tacape com que se defender. Mas considera fundamental expor-se assim para o bem de todos.

Depois de andar um tanto, vira-se para trás. As guerreiras à distância de cinquenta árvores não dão na vista. Ótimo. Sente-se, na verdade, mais livre do que insegura. Andar sem Sara'Rá grudada nos calcanhares a faz trautear: "Eu vou, eu vou, eu vou por minha conta!".

Só que as guerreiras a seguem mais perto do que imagina. Não as viu, porque elas se fundem à natureza com a perícia de camaleoas. Foram convencidas por Tana'Yura, Araru'Ta e Im'Bu de que a segurança da rainha está acima da própria, sendo legítimo desobedecê-la quando incorre em imprudências que beiram a loucura.

Seja como for, adiante para e se demora a apreciar um tucano, senhor de um reles toco podre como se fosse de um nobre pedestal. Preza a pachorra da ave de bico desproporcional ao corpo. Um bico laranja fosforescente, próximo ao tom de futuros letreiros em luz néon. Um bico que não ri porque as aves não riem por achar graça nas coisas, como riem os oguianos.

Repõe-se a andar.

"Minha segurança", pensa, "dependerá do meu êxito em agradar os maués. Aí está o desafio: saber me impor, sem me apresentar como a dona da selva nem me jactar de quantos deles uma nossa derruba. Arrogância não me ajudará. Tampouco confiar às cegas na estimativa da generala em chefa. Se os meninos maués vão à escola, não são fracos", prevê. "Serão bem interessantes." Entusiasmada com esse pensamento, estuga o passo, enquadra os ombros no tórax. Divaga: "Então, se o chefe lá não for de se jogar fora e me pedir em casamento, aceitarei a proposta".

– Céus! – exclama, interrompendo-se, no que a fantasia a tomou de assalto de maneira tão súbita e imprevista quanto Sara'Rá assoma girando como um pião e se estatela à frente, suja de sangue.

– Sara'Rá?! Ah, Sara'Rá, devo estar enlouquecendo! – tartamudeia, pondo as mãos na cabeça – Devo estar sofrendo as sequelas das torturas que padeci em criança! – Ajoelha-se junto à guarda-costas, que agoniza. – Ah, infeliz, você engolia sangue e eu nem liguei! Não devia ter vindo atrás de mim, criatura, ferida como está! Veio porque se preocupava comigo, não é mesmo? Por que não procurou uma operadora? Pra que trouxemos operadoras, afinal? Cirurgiã em liteira e tudo?

Cala-se, no que a própria voz a assusta e Sara'Rá não a escuta mais. Ao se pôr de pé, cambaleia, indo se aprumar contra um araçazeiro. Tão logo recupera o prumo, culpa-se pelo desleixo de ter deixado Sara'Rá sangrar até morrer. Por embarcar na asneira de unir a tribo oguiana com a maué, casando-se com o chefe desta. Por viver querendo ser feliz na hora errada. Meninos nas escolas! Chefe belo e desejoso de se casar com ela! Sonho. Puro sonho. Sara'Rá, apesar de bronca, era dedicada. Tomara que vire orquídea na guirlanda das deusas. Ao passo que ela, bem, tem de se concentrar na meta de evitar a guerra com os maués.

Nisso, como uma sucuri que a enlaçasse por detrás, um braço sonso a aprisiona e neutraliza:

– Quieta ou te furo! – adverte em oguiano quem lhe encosta ao pescoço a dura ponta de uma pedra. – Manda a tropa recuar! – acrescenta em voz de timbre grave.

– Tropa? Que tropa? Estou sozinha! Quem é você?

Não enxerga quem a prende, do contrário veria que seu captor tem a cabeça oculta por um disfarce de jaguar.

A pressão da pedra na altura da traqueia aumenta. Portanto, mesmo duvidando de que possam ouvi-la à distância de cinquenta árvores, obedece ao agressor e grita:

– Recuem todas! Façam o que o maué manda!

Pronunciar *maué* e deduzir que está em mãos de um (que, segundo Im'bu, não é páreo para a raça de uma oga) encoraja-a a usar a força. Em vão. Vencem-na a dureza da pedra e a sanha do braço que a submete. Im'Bu com certeza não baseou sua estimativa de vitória em maués munidos de rochas pontudas.

Nesse momento, como se as árvores por onde passou desprendessem enxames de vespas, guerreiras ogas surgem por todos os lados e marcham com estrépito.

U'Yara agradece às deusas por suas valentes a terem desobedecido e se mantido em seu encalço. Berra para que as coisas não se compliquem:

– Cuidado! Ele está com uma pedra afiada!

As ogas valentes no instante sustam a marcha. De boca em boca, transmitem ao restante da tropa o recado: um maué com cara de monstro e uma pedra cortante subjuga a rainha. As ogas mais impetuosas tremem de ódio por não poder linchar o infame sem pôr em risco a refém. Atrás, no ajuntamento og, as conselheiras se alvoroçam e resolvem avançar. Nessa hora, os ogos que admitiram se inquietar ante a noção de perigo largam cargas e mantimentos, a fim de tapar os olhos com as mãos. A liteira de Tana'Yura despenca, Tana'Yura dentro.

Com a intrepidez que só o desespero gera, Araru'Ta, Xuru e Im'Bu se apressam em ir mediar o impasse, cada qual brandindo uma pena branca em sinal de amizade. Xuru, os nervos em ebulição, pede calma a U'Yara, que lhe assegura:

– Estou calma. Mesmo porque, somos um bando inteiro contra um. Não creio que quem... – hesita em qualificar o elemento que a prende – quem me toma por inimiga queira me machucar.

Nem bem U'Yara se mostra conciliadora, a pedra que lhe comprime a glote chega a impedir que engula saliva. Como reação, grunhe. A falta progressiva de oxigênio faz que dobre os joelhos e vergue o busto. Vê o fim dos seus dias. Quando está a ponto de cair, o maué a retém pela cintura e arrefece a pressão da pedra.

Mediadores da crise aguentam firme para não piorar a situação: Xuru se contém, virando o rosto e utilizando a pena branca como um antolho; Araru'Ta, triturando com os dentes meia dúzia de insultos; a generala, crispando os poros para não ser o estopim de uma avalanche.

Um maué de focinho tigresco aprisiona a rainha og. O símbolo da soberania oguiana fraqueja, sob o domínio de um ser com corpo de ogo e cabeça de onça-pintada, provando haver mais seres entre o céu e a selva do que supunha o bestunto og.

"Os maués que eu vi não tinham cara de onça...", cisma Im'Bu, arrastando um pé bobo em direção ao forasteiro, sob pretexto de apanhar a pena branca que lhe escapuliu da mão e esvoaçou:

– Mais um passo e enfio a pedra! – estrila o que mantém U'Yara refém.

– Sacrilégio! – rosna em fúria a generala, percebendo que a cabeçorra do outro não passa de um disfarce.

A peça que lhe serve de tanga é de couro de jacaré, nota Im'Bu, concluindo estar às voltas com um metido a oga. Como não nasceu para que essa laia a intimide, solta um urro de javali e bravateia:

– Enfia a pedra pra ver só! Mata! Mata a nossa rainha pra ver as barbatanas que terás no traseiro! *Scrlg*!

Bravata feita, ela e a tropa se agarram a um fio de esperança de salvar a rainha. Invocam a proteção das deusas contra um adventício que parece ser a encarnação da perversidade.

Então, como saúvas provindas de um formigueiro, maués brotam no alto da encosta. Usam tangas nas ilhargas, caras pintadas de carvão. São franzinos, conforme Im'Bu descreveu. Não têm em média a robustez das ogas. Daí a supor que num sopapo se desmanchem, haveria exagero. Tanto que, ao se dar conta disso, um sem-número de ogos empalidece e não poucos debandam.

– Recuem ou morram! – ameaça o de pedra na goela da presa.

Xuru se desvencilha do antolho e, pronto a virar torresmo, gruda-se em Araru'Ta como uma criança na mãe para proteção. Ou, talvez, para morrer junto de quem parece reunir ideias para um pronunciamento.

– Valham-nos, Flora e Fauna! – grita U'Yara com voz trêmula.

Os olhos marejam, a fé engasga, o ânimo falha, mas quer a todo custo evitar guerra. Por isso, vendo o peito da generala inchar como bexiga de porco prestes a estourar, suplica:

– Pela madrugada, Im'Bu! Manda a tropa se render! Recuar é a melhor opção! Os maués não estão fazendo a sesta, entregues às redes e às esteiras! Deixe que me levem! Prisioneira deles eu haverei de conquistá-los, confiem em mim! Aquartelem-se no recorte da encosta onde se ajuntaram e me esperem lá!

– Mas... – balbucia Im'Bu, roxa de raiva, porém murchando.

Araru'Ta puxa-a pelo prende-peitos e a retirada começa.

– Meu porta-voz poderia me acompanhar? – U'Yara pergunta ao captor.

– Quem?

– Eu – Xuru responde.

– Se aguentar uma gaiola... – diz o da máscara em perfeito oguiano.

– Aguento objetos mais pesados – gaba-se Xuru, que o maué manda uns subordinados prender numa gaiola; em seguida, arrasta U'Yara a um recesso de mata onde um ipê de flores lilases quebra o verdor.

Do lado og a desorganização é grande. Parte da carga espalhou-se, desvinculada dos portadores. Desses, uma minoria deserta, enquanto a maioria cata cigarras e as imola na fogueira, em sacrifício às deusas.

Perguntas jorram em catadupa: O que será que fazem com U'Yara? Com seu consentimento? A seu despeito? Será que a torturam? Como saber se ainda está viva? De que maneira socorrê-la? Por que mistério Flora e Fauna se omitem de dar conselhos? Não ouvem o crepitar das cigarras ao fogo?

O Sol difunde um calor oleoso e acachapante sobre a falange aquartelada. Im'Bu, andando em círculos, rói as unhas com um afã canibalesco. De vez em quando rumina alto, para as conselheiras:

– Como pode um monstrengo com uma pedra dobrar uma armada inteira?

– Pegando sua rainha desprotegida – aventa Araru'Ta. – Foi um erro deixá-la ir sozinha. Bandido a gente cala antes que queira impor condições. Enfim, o negócio é atinar com um meio de sair do atoleiro e reverter a situação.

No empenho de atinar, funga, reagindo a um cheiro adocicado que lhe açula o olfato. Não é a única oga, aliás, a acusar a percepção do aroma.

– Cheiro de banana – Tana'Yura determina com precisão.

Aí, como para confirmar que o nariz da veterana não falha, uma fila de maués aparece, trazendo cachos de banana.

– Essa gente é incompreensível – exclama Araru'Ta. – Prendem nossa líder, nos arrasam moralmente e depois nos mandam cachos de bananas!

– É assim que se engordam os porcos antes de comê-los – volve Tana'Yura, com o fundo de sua experiência.

– Isola! – vira Im'Bu, batendo na primeira borduna que encontra.

É quando Araru'Ta a encara, lembrando:

– Uma nossa não liquidava dez deles?...

– Sete tenho certeza – a generala reformula.

– Se assim for – rompe uma guerreira histérica –, um murro meu arrasa com quatorze e estamos feitas!

Levanta o braço para assestá-lo num maué quando, num soco em falso, emborca e estrebucha de infarto fulminante.

Tana'Yura, do alto da sua tarimba, pergunta com jeito de reprovação:

– De que adianta derrubar este ou aquele se perdermos U'Yara?

– Não sei – diz a generala Im'Bu. – Sei que um exército sem crença num comandante é pior que um lagarto cego, manco e sem faro.

– De modo que tratemos de comer as bananas – propõe Araru'Ta, agradecendo aos maués pelo alimento.

Longe da tropa aquartelada, U'Yara maldiz sua incapacidade de sobrepujar a força do maué que a trouxe ao recesso da peúva. Estremece ao imaginar o horror do rosto que se esconde atrás do focinho de jaguar com que se depara.

Por que a pedra ameaçadora? Por que o silêncio insuportável?

– Se é pra me matar, mate logo – facilita.

– Sou contra a violência – replica com um tranco o que a domina.

– O safanão de agora o que foi? Carícia por acaso?

– Estou te isolando da tropa pra evitar massacres desnecessários. Quem falou nesse tom libera a refém.

U'Yara distende a nuca, os ombros, os cotovelos, os punhos doloridos. Daí diz:

– Não saímos em expedição para brigar com ninguém. Mesmo porque nossa tribo acreditava que só existia ela na selva. Quando vimos que vocês existiam e tinham roubado nosso guaraná, eu me dispus a entrar em acordo com vocês...

O da máscara de jaguar afasta as pernas e descansa os braços, enfiando os polegares no cós da tanga de couro de jacaré.

U'Yara, a observá-lo, repara no corpo musculoso, nos ombros largos, na juba maltratada. "Ninho de piolhos", supõe. Congratula-se de haver raspado o cabelo, que de resto cresce anelando-se.

– Entrar em acordo, hein...! Ou muito me engano – fala o da máscara –, ou tens a mente perturbada.

– Quem é você, afinal?

– Um irmão de sangue.

– Sou filha única.

– Única, também, é a matriz inicial de todos os seres falantes.

– Vai ver que sim – ela admite –, mas essa sua... cabeçorra de onça-pintada não é do nosso ramo.

Imagina que atrás da carantonha haja um rosto medonho e furunculoso, o que desde já U'Yara lamenta, pois o corpo que o sustenta é jeitoso. Sopesando as arapucas do destino, que a uns aflige mais que a outros, agradece às deusas que lhe deram pele viçosa e feições que agradam ao gosto alheio.

– Apesar das diferenças de aspecto, procedemos de um mesmo tronco – torna o da máscara. – Assim como o urubu e o beija-flor.

– Pode ser que sim – aquiesce U'Yara, para quem o falatório da origem comum se prolonga em demasia. – Acontece que minha tropa arde por notícias minhas e por saber do guaraná que vocês roubaram. Pretende devolvê-lo?

– Pretendia convidar tua tropa para uma festa na aldeia maué.

– Ah, sim? – Por essa U'Yara não esperava. – Depois da festa a gente discutiria o acordo, então? Me diz uma coisa – engancha curiosa –, onde aprendeu a falar a minha língua?

– Não é o contrário?

– Como assim? Eu falo a sua?

– Tudo indica e sobre isso posso me estender.

– Não precisa. E as mulheres? Não vi nenhuma.

– Estão na aldeia com os velhos e as crianças.

– Elas caçam ou cozinham na cultura de vocês?

– Cozinham e caçam. Está ouvindo...?

Segue-se um minuto de silêncio, após o qual um estrugido convulso repercute. U'Yara de repente se sente bamba. Como se o chão debaixo dela amolecesse e um vendaval a balançasse como a uma arvoreta.

O estrugido se avoluma e dissemina mau agouro. Ela se ampara no maué que até pouco lhe era hostil. Tomada de pânico, sua visão se altera e ela enxerga faíscas espocando como raios que estriassem o ar e calcinassem o morro.

Há no ruído um componente que foge ao controle de qualquer og ou maué. Um componente que, tornando supérfluas indagações e queixas, une captor e prisioneira numa mesma condição.

– Infelizes! – pragueja o da máscara, tornando a apertar o punho de U'Yara com sofreguidão. – É a guerra! – ofega.

Um vulto enlameado da cabeça aos pés irrompe diante deles:

– O pau quebrou! – grita sinistro, após o que esguicha sangue pelas ventas e desaba, os olhos vazios de expressão.

Pelo beco de onde surgiu esse moribundo, uma bola rubra e peluda vem rolando. Talvez seja um coco ou uma cabaça, presume a jovem rainha, até entender que se trata de uma cabeça oguiana.

– Ãããã! – geme.

Parceiro na indignação, o jovem da máscara a afasta da cena.

– O fim da selva começou – balbucia.

À volta deles, parece que trovões rebentam em meio a nuvens

que se adensam e engolfam o Sol. Que raios estalam e se inflamam anárquicos, torrando cepos altaneiros. O pavor da guerra incendeia nervos. Alucina.

– Vamos, é o fim do mundo! – repete o da máscara, arrastando U'Yara pelos acidentes de terreno com tensa e visível carência de objetivo.

– É a guerra! – diz ela.

Tem certeza de que ouve o vozerio de falantes que se entrematam.

À distância de menos de cem árvores, a borduna da generala Im'Bu desmiola três maués em sequência. Sete a menos que previra. Em compensação, dali a pouco, desdenta cinco num sucedâneo.

Forças destruidoras correm soltas como lava de vulcão. Ogas e maués se atracam sem distinção de idade ou de gênero. Como se isso não bastasse, envolvem a aldeia maué na refrega, vitimando seus habitantes.

– Me solta! Me solta que eu mando as ogas se renderem! – implora U'Yara num lampejo de onipotência.

O maué da máscara a solta, para vê-la sair à toda e logo baquear, testa atingida por um pote de barro que se estilhaçou no choque.

– Desgraçado! – ruge o da máscara, precipitando-se sobre o autor do arremesso e o afugentando.

Acode U'Yara que o barro esfolou e colocou de quatro, mas não cortou.

– Pegou o olho?!

– Por um triz, não.

– Escapou de boa. Vamos embora. Aqui não há o que possamos fazer.

– É, acho que não. A loucura ultrapassou o ponto do retorno. Se eu disser pra minhas guerreiras "Parem em nome da rainha", elas perguntarão: "Rainha? Que rainha?". Estão dementes!

– É o fim do mundo começando.

O furor se alastra desvairado. U'Yara e o que a trouxe ao recesso das flores violáceas se defrontam como os remanescentes de um circo pegando fogo. Ou fogem das chamas ou se jogam nelas. Ou não fogem tampouco se lançam às chamas, dão-se as mãos e esperam que cesse o atrito de potes contra pedras, setas contra lanças, corpos contra corpos, gamelas contra caixas cranianas.

VI

Quem já viu calmaria aplainar um maremoto?

Não as ogas, certamente, entes mediterrâneas.

Sim, o leitor atual que, se em pessoa não enfrentou o mar revolto, pelejou com as ondas e as derrotou em livros e filmes de ação.

A calmaria alisa mares que a fúria de Netuno encrespou, acreditavam os romanos do Mundo Excelso, contemporâneos do Mundo Og em seu apogeu. Amansa a fúria do filho de Cronos que os gregos chamavam de Poseidon. Amansa-o, diga-se, depois que frotas inteiras afundaram e os náufragos já atraem os tubarões. Melhor seria que ela impedisse o Senhor das Águas de surtar.

Sobre a selva de U'Yara, o céu se reveste de azul homogêneo. De azul sereno e indiferente ao morticínio da véspera, apesar dos urubus que o povoam, modulando voo pacato, ordenado e certeiro.

O Sol ascendente difunde um brilho de aspecto saudável e risonho, como encomendado por turistas em cruzeiro no Caribe.

Ao rés do chão, põe a nu a imagem fúnebre da generala Im'Bu, que os maués agredidos entalaram com um cacho de bananas; de Tana'Yura, que perfuraram à lança na liteira em que jazia; de Tucu'Pi, cujo peito vararam de flechas; de Jeri'Mum, que estrangularam com dez dedos; de cadáveres e mais cadáveres anônimos que esgazeiam as órbitas oculares: uns com o esqueleto retorcido, outros com as vísceras expostas, uns com a pele intacta na aparência, e todos hirtos.

Diante do cenário macabro, U'Yara se pergunta por que motivo sobreviveu: ela, sempre ela, por estranha danação. Aos passos tronchos, busca alguém que caminhe a salvo e com abatimento igual ao seu. Um sobrevivente, qualquer que seja – guerreira, conselheira, varredor, manicuro – que a ajude a entender o que deflagrou a dizimação da tropa og e do povo Maué.

Indo assim alquebrada, tropeça num cesto no qual jaz indefeso um recém-nascido Maué. Vendo que se mexe, ela o apanha e estreita ao colo. Não apresenta ferimentos patentes, porém nos órgãos internos há provável avaria. O bebê, além de quente e mole, sequer chora. Respira, em todo o caso. O coração bate. Feita a constatação, U'Yara descobre, à distância de poucas braças, uma menina Maué de pé, impassível como um totem, a franja dos cabelos resvalando nos olhos.

Ela se aproxima e diz:

– Não tenha medo de mim, sou sua amiga. Como é o seu nome?

A menina apática não responde. Parece ter uns cinco a seis verões de idade. Nada vibra em seu rosto, tirando as pupilas negras que enfeixam símiles de terror.

U'Yara a achega a si pelos ombros, ao mesmo tempo que desabafa:

– Ah, pequena, adoraria te dizer que estamos dentro de um pesadelo! Que estamos dentro de um sonho horrível e já vamos sair dele!

O Sol radiante, além de consumar a podridão dos mortos, aumenta o odor pestilento que exalam. U'Yara torna a se perguntar por que razão o bebê, a menina e ela própria escaparam da morte. Por que mistério insondável foram salvos?

É quando se lembra de Xuru, que o tal maué com cara de jaguar mandara prender numa gaiola. Uma gaiola de porte a caber um ogo não seria difícil de encontrar. Acomoda o bebê num braço, puxa pelo outro a menina e sai procurando o porta-voz.

– U'Ya... – ouve, então, alguém que a chama.

Dirige-se para a banda de onde veio o chamado, contornando a duras penas os cadáveres que cobrem a área. Mortos e mortas se sobrepõem nas mais tétricas posições. Mesmo assim, mesmo que lhe sejam repugnantes, inspeciona-os com o olhar, na esperança de esbarrar em vida que ela possa socorrer.

– U'Ya... – tornam a gemer, chamando-a.

Direciona-se para a voz rala e fanhenta. Não longe dela, sobre monturos de terra revolvida, depara-se com Araru'Ta agonizando sob um tropel de formigas.

– A culpa foi minha... – murmura com extremo esforço. – Fui eu quem... – recomeça, congelando o resto da frase nas tripas.

U'Yara larga a menina e se agacha, mantendo o bebê no braço. Com a mão livre enxota as saúvas que roem o semblante da amiga, de quem fecha a boca. "Ora, Araru'Ta, culpar-se a esta altura? Se culpa sarasse, conselheira!" Emite um soluço seco como um poço sem água. Araru'Ta era divertida no fim das contas. Sobretudo depois de uns tantos maracujás, quando mandava a política às favas e listava os *dez mais* da tribo.

Levanta-se, enfim, e sai rebocando a menina.

Não querendo partir para rumo algum sem localizar Xuru, dirige-se para o que resta da aldeia maué. O braço esquerdo se ressente do peso do bebê. Perturba-a acusar que antes o corpinho ia quente e agora vai frio. Cogita deitá-lo sobre a paina das cápsulas de uma bela e próxima sumaúma. Em vez disso gane como uma cadela em transe. Dobrando os joelhos, compreende que carrega um bebê morto. Dali a pouco, sentada na terra, o rosto estriado por sujos rastros de lágrimas, explica à menina que a tudo assiste imperturbável, talvez por não entender o que lhe dizem:

– O pobrezinho não respira. Virou um trambolho e nada mais.

Com a quantidade de paina junta, oferece ao pequenino uma sepultura que o vento em breve desmanchará, depois de retardar o assédio dos abutres.

Torna a conduzir pelo punho a menina cuja apatia a intriga.

A pequena lubrifica os olhos com piscadas lentas e anda, bem ou mal, ao comando do impulso alheio. Além disso, só faz ficar parada como um bloco de granito. A guerra a pôs em estado de choque, deduz U'Yara, tachando-se de insensível por não estar acometida do mesmo desligamento. Contudo, em se tratando de salvar a pequena, é melhor que esteja com a cabeça fria e no lugar.

– Sabe de uma coisa? – fala como quem pensa em voz alta. –

A gente tem de se afastar deste foco de pestilências – comunica à criança que a fortuna e o infortúnio a colocaram sob sua proteção.

Quanto ao rumo a tomar, segue o de uma garça voando esbelta no etéreo, indício de água nas redondezas. A garça voa como um floco de paina que o ar impele. Prenuncia vargem e não vísceras. Tem bico para peixes, não fígados de generalas.

Tomou há pouco o sentido da ave, quando ouve cantar:

– *No meio das tabas de amenos verdores...*

– Xuru! – vibra, identificando a um tempo canto e cantor.

– *Cercados de troncos, cobertos de flores...*

Precipita-se com a menina para onde o som vem.

– *Alteiam-se os tetos d'altiva nação...*

Xuru vive. Tiraram-no da gaiola, pelo visto, e o amarraram com cipó nas hastes de um taquaruçu.

– *São muitas suas filhas nos ânimos fortes...*

Atira-se no porta-voz e o abraça com enleio. Depressa, solta o cordame que prende o amigo ao bambu. Por fim, apresenta-lhe a menina de franja.

– *Temíveis nas guerras, que em densas coortes...* – continua Xuru, o olhar voltado para um dentro inacessível.

U'Yara então se aponta com todos os dedos das mãos e grita:

– Sou eu, Xuru! Tua rainha!

Xuru se cala. Sem demonstrar, porém, que reconhece a criatura que o libertou. Pelo contrário, atraído por um ruflar de asas, põe tento num corrupião voando baixo.

– Ah, Xuru, você também...?

Todos conseguem morrer ou enlouquecer. Só ela que não. De que matéria foi feita? Ergue os braços exasperados e agarra tufos do cabelo curto com vontade de arrancá-los da cabeça. Não bastasse o mutismo contínuo da menina maué, Xuru também se enclausurou.

Observa-o. Acha-o com aspecto um tanto calmo para as circunstâncias. A postura é de usual tranquilidade: não azeita as juntas, não revolve o pescoço como seria normal que fizesse alguém que esteve longamente atado a paus nodosos de bambu. A expressão do rosto, quase sorridente, é a de quem atravessa o mais banal dos momentos. Compara-o à menina de franja: sem iniciativa, sem fala, sem expressão. Observa o céu, cujo azul-bonança contrasta com o ar circundante, fedendo a carniça. Bufa como um fole se esvaziando. Diz:

– Vamos, Xuru, não banca o desligado. Vam'bora desse lugar medonho.

– Pensa que te entende? – perguntam-lhe por detrás.

Num giro, depara-se com um maué trazendo nos braços uma jovem inerte.

– Quem é? – pergunta U'Yara referindo-se à morta, embora o vivente a quem se dirige não a interesse menos, até por lhe parecer ter um quê familiar.

– Minha mulher – o maué responde.

Estende a morta à sombra. Providencia ramos com que a recobre.

É tempo suficiente para que U'Yara, num vislumbre instantâneo, extraia da tanga à ilharga do rapaz a compreensão de estar defronte do maué da máscara de onça – desprovido desta. "É o próprio", diz-se ela, rendendo-se ao fato de que a cabeça postiça que ele usava desmerecia a do homem que ele é, apesar da juba que em toda evidência merece um trato.

Súbito, enxerga com clarividência a meta a perseguir. Voltar para a capoeira e reerguer a tribo. Reerguê-la a partir das sobras que lá ficaram.

Mãos em pala sobre a testa, examina a posição do Sol. Prepotente e coruscante, tostaria a alma de quem atravessasse debaixo dele uma chapada árida. Na mata, o teto formado pelas árvores que se tocam, imbricando as franças umas nas outras, atenua a ardência dos fachos solares.

Mas não se ilude. Caminhar na selva sem escolta ou mantimentos contraria o bom senso, tanto quanto persistir inalando gases de cadáveres se decompondo. De maneira que ou bem se estiola num local de mortandade, na companhia de uma criança e de um porta-voz sem voz, ou morre tentando reconstruir seu clã.

Decidida a agir, anuncia com vibração:

– Vamos para a capoeira og! Vamos, Xuru, vamos, menina, venham!

Puxa e empurra Xuru e a menina, sacudindo-os várias vezes.

– Vamos, vamos, venham comigo – insiste, achando reconfortante falar alto.

– Não irão muito longe – pondera o maué que empilha ramos verdes sobre o corpo da falecida.

– Ficando aqui tampouco teremos futuro melhor – rebate U'Yara.

– Aqui temos os despojos da aldeia.

– Despojos com que morrer de peste? Não, obrigada.

– Sabe o que a espera aí fora?

– Sei que as deusas me protegem.

O maué não retruca. Talvez por se sentir desprotegido e descrente.

– Na capoeira tenho meu pai – explica U'Yara.

– Eu já não tenho ninguém – contrapõe o maué, vertendo um olhar transido de pena sobre o túmulo de ramos que ele edifica.

– Por que não vem com a gente, então?

– Não posso. Alguém tem de velar os mortos.

– Não pode o quê? Queima os restos da tua mulher pra que não apodreçam, planta uns arbustos no lugar das cinzas e vem com a gente.

– Como se fosse simples...

– Meus acompanhantes, já viu, estão confusos... – segue U'Yara, arqueando uma sobrancelha alusiva. – Mesmo assim, acho mais útil tentar salvá-los do que velar o corpo de quem já morreu.

– Sei de um rancho onde podem passar a noite.

– Acompanha a gente, ora...

O maué de juba pedindo trato, após breve hesitação, esboça um cabeceio afirmativo. U'Yara agradece sorrindo.

Considera qualquer conduta que venha a adotar preferível a nenhuma, isto é, prefere se embrenhar na selva com poucas chances de sobreviver a desde já abdicar da existência, atolando-se num necrotério em decomposição. O rancho que o maué indicou para pernoite fica distante do fedor de carnificina. Lá, Xuru e a menina talvez recobrem a ligação com as coisas e os falantes que os rodeiam.

Tenciona pernoitar no rancho. Depois não sabe.

O percurso através da mata não se faz sem percalços. Além dos desafios naturais que a selva embute, quando Xuru não cai numa indolência da qual só sai aos cutucões, a menina de franja empaca que nem mula à beira do barranco. Por sorte, alcançam a palhoça de repouso na penumbra do escurecer, antes que o breu se torne um estorvo.

O rancho ocupa o núcleo de uma pequena clareira. Palmas de embira compõem um teto oval que grossas toras suportam. Entre as toras laterais e as centrais, há redes penduradas. Peixes secam num varal. Num trecho de chão batido empilham-se em montes separados nozes de tucum e bastões de guaraná. Numa gamela bojuda a farinha de mandioca ondula formando dunas que as formigas percorrem beduínas.

Redes e alimentos atestam a recente passagem de maués pelo local. Maués que a cobiça oguiana dizimou, se não foi mera estupidez, lamenta U'Yara.

– Eu costumava vir aqui quando ninguém vinha – conta o maué com um grão de nostalgia na voz –, pra tomar meu guaraná sozinho com a mata...

– Sozinho como ficou agora que tua mulher morreu?

– Não... – concede o outro, que respira fundo antes de advertir: – Se pretendem viajar amanhã, sugiro que durmam o quanto antes.

U'Yara concorda e a conversa morre.

Embala na rede a menina de franja até que a criança adormeça. Aí cuida de Xuru, que desde que chegaram rodeia o rancho, repetindo sem parar:

– *Eu amo a noite solitária e muda...*

– Eu também – garante U'Yara, interrompendo-o –, acontece que tivemos um dia estafante, pra dizer o menos. Temos de descansar.

Conseguindo que Xuru se deite numa rede e não tarde a roncar, ela zanza inquieta como se não aguentasse parar de se mexer. "O conforto vicia", cogita, desejando umas penas de marreco onde refestelar os membros doídos. Adoraria que uns serviçais a abanassem com folhas de bananeiras, regalia de que tanto desdenhou e que acusou de supérflua quando subiu ao trono.

A noite avança indiferente ao luto da rainha og. Luto por mortes desnecessárias. Porque as necessárias são apenas quando nenhum remédio suaviza a dor ou quando a velhice derruída sonha em se regenerar. Promete a si mesma que se conseguir voltar ao rincão natal não tornará a sair de lá. Morrer onde nasceu tem sua beleza e se tornou agora sua mais recente aspiração.

Nesse momento, o maué que perdeu a mulher na guerra sobe num pé de mulungu a pretexto de vigiar o rancho durante a noite. U'Yara pergunta:

– Não seria melhor vigiar daqui de baixo?

Dada a ausência de resposta, deduz que não.

Acha oportuno que tenham sentinela a postos. Os que dormem a sono perdido no rancho terão maior segurança. Alguém disposto a velar os vivos, quando não fazendo ronda a pé, numa atalaia suspensa, sempre é bom.

Noite inteira numa árvore, ela sabe o que é. Não esqueceria, nem que quisesse, as que Murumu a fez passar em posição de bicho-preguiça, num galho de perobeira. Nisso o cansaço a vence, ela se acomoda numa rede.

"Morrer dormindo é a melhor morte", lembra-se de lhe ter dito a generala Im'Bu. Caso durma e não acorde, terá morrido da melhor forma e não haverá de se queixar às deusas.

Abandonando-se a esse consolo, adormece.

O sono que a raptou não foi o último de sua passagem na selva, percebe ao distinguir os primeiros contornos da aurora. Xuru e a menina continuam dormindo. Presume que a sentinela no mulungu se mantenha vigilante e alerta, do lado oposto ao dela e fora do seu campo de visão. Não verifica. Tratando de não fazer barulho, deixa o bojo áspero e esburacado da rede de juta e se esgueira pisando nas pontas dos pés até o olho-d'água em que o grupo matou a sede na véspera.

A fonte mana em silêncio e em silêncio vai encharcando os sulcos que a alongam na vegetação rasteira da aberta. U'Yara tira o prende-peitos e entra num rego com dois palmos de fundura. A água fria, aliada ao frescor da madrugada, energiza. Infunde um bem-estar que ela gostaria de prolongar ao máximo. Um prazer plácido e completo, para o qual concorre o despertar gradual dos pássaros.

Mas nenhum momento se eterniza para o habitante da mata. Olhando para cima, ela não tarda a entrever umas nesgas de céu rosa. No orvalho que poreja sobre as plantas que margeiam o rego, surgem transparências coloridas. Placas brancas no fusco neutro do horário marcam a intrusão do sol na selva e o calor que trará. Veste o prende-peitos e volta para o rancho.

O maué está lá. Ele se gaba de ter descido da árvore faz tempo e catava frutas.

– Vigiou a gente a noite toda?

– Tirei uns cochilos.

– Sem cair do galho?

– Sem – afiança.

Cabendo pôr fim ao jejum da noite, U'Yara devora uma goiaba branca, nozes à farta e amoras que lhe escurecem a língua.

– Ótimo! – No final lambe os beiços e se massageia a barriga, comentando: – Pra abrir o dia com plumas de arara só ficou faltando o açaí!

– Tem surubim seco no varal, mas recomendo que guardem para a viagem.

Em vista disso, U'Yara acorda Xuru e a menina, sacolejando a rede de cada um, depois bradando:

– Temos estirão pela frente!

Enquanto Xuru e a criança esgazeiam os olhos e se espreguiçam, ar de se perguntarem em que planeta estão, ela se volta para o maué e conta:

– Hoje cedo me banhei na fonte.

– Eu sei.

– Sabe pelos meus cabelos molhados...

– Não. Porque te vi.

– Viu? – U'Yara surpreende-se, e para não apurar se foi sem prende-peitos, emenda incisiva: – Qual é o seu nome, hein? Por acaso tem um?

– Os maués me chamavam de Grande Jaguar por causa da máscara que eu usava e acabei perdendo na guerra odienta.

– Não perdeu nada, então. Máscara na cara perturba a vista e irrita a pele.

Atendendo a Xuru, que de perto a olha como se esperasse uma ordem, manda que se alimente do que houver disponível antes de levantarem acampamento. Quando põe tento na menina de franja, eis que a vê sentada na rede com as pernas para fora e mastigando as amoras que lhe oferece o maué. U'Yara no instante calcula a falta que ele fará e arrisca:

– Vamos ser francos: sem você eu não tenho chances de voltar à capoeira. Se concordar em me acompanhar até o fim, no fim te dou uma recompensa. Minha ideia é voltar e reerguer minha tribo. De repente me ajuda, gosta do lugar, se adapta lá...

– Varrendo chão ou catando piolhos?

– No meu governo isso acabou – ela garante, descartando a suspeição que a assalta um átimo e que ela adia aprofundar. – Talvez não ainda na prática, mas pela lei já acabou. Antes de partir em expedição, liberei os ogos pra qualquer trabalho, até o de pegar em armas e lutar...

– Bela opção...

– Ou se o ogo preferir ser curandeiro, cozinheiro, conselheiro, educador ou caçador, também pode. Podem de um tudo agora.

– Até sair matando maués.

– Escuta aqui, Grande Jaguar, minha tropa foi castigada com a morte e eu aqui não fui menos punida sobrevivendo.

– E os maués, hein? Os maués que foram exterminados por culpa nenhuma?

– Isso de culpa é relativo. Jamais saberemos se o estopim da guerra não foi um maué que ofendeu a honra de uma oga. Antes que o caldo entornasse, eu ia sozinha até vocês, sem ter nas mãos um espinho nem a intenção de brigar, quando – *pá*! – sofro pelas costas um ataque covarde.

– Covarde?! Quem foi que *primeiro* acusou quem de ladrão?! De roubar guaraná e terra alheia?! Vai me dizer?

– Escuta, mesmo crentes de que a selva era delas por um dom das deusas (e crença que remonta a priscas luas é algo poderoso), as ogas me deixaram negociar com o estrangeiro. Lá ia eu, repito, desarmada e disposta a lidar com gente que eu recém sabia que existia, quando me atocaiam e fincam uma pedra no meu pescoço. Negue se tiver coragem. Aliás, que coragem tem quem se esconde atrás da cara de um animal?

– A mulher que me amava e que as ogas mataram achava que eu tinha muita.

– Passadismo, meu caro, não ressuscita.

– Não, mas me faz querer rever em outra vida o amor que eu perdi.

– Os suicidas não reveem nada. Vão pro pântano da indiferença.

– Já estou nele, pelo visto...

– Não, não. Se olhar para a frente com otimismo, verá que não.

O rapaz olha para a frente e reconhece que U'Yara precisa de escolta por mais tempo. Até acertar o caminho da capoeira, combina. Reconhece que a união faz a força e duas cabeças pensam melhor que uma, em se tratando de sair de um impasse. Além disso, se U'Yara for depender dos palpites de Xuru e da menina de franja para se orientar, periga desembocar num confim de selva onde o nada leva a parte alguma.

Partem então. Xuru e a menina, mãos abanando. A escolta, carregando nas costas redes, água, lascas do peixe que encontraram no varal do rancho. U'Yara se concentra em não perder Xuru de vista nos momentos em que ele corre atrás de borboletas, bem como em pôr a menina no colo de vez em quando.

Andam um trecho sem se falarem uns com os outros, até por necessidade de poupar fôlego. Caminhar durante horas pede aspirar e expirar em ritmo estável, como forma de resistir ao cansaço. Acontece que, de repente, U'Yara se cansa de ficar calada e diz ao maué que a acompanha:

– Sabe, eu também sofri muito quando perdi meu melhor amigo. Quer dizer, quando ele desapareceu da tribo. Nunca soube se ele morreu, sumiu porque quis ou se sumiram com ele. Sei que esperei por ele um tempão até parar de me iludir de que ia voltar pra me ajudar a reinar. Não ia e pronto. Inútil continuar sonhando com o que não ia acontecer. E aí, já que eu estava em idade de pensar na minha dinastia e não podia empatar o futuro da tribo, nem tinha cabimento transformar minha vida numa eterna espera, segui o conselho das conselheiras e procurei um ogo à minha altura pra substituir o sumido. Achei Xuru, com quem eu me entrosava, sobretudo na hora de compor cantigas. A coisa ia nisso quando embarquei na maldita expedição que deu no que deu e aqui estou.

O Sol nasce pela segunda vez desde que saíram do rancho. Pelo segundo dia consecutivo, brilha sem proporcionar a U'Yara a certeza de estar no caminho certo. Lembra-se de que a tropa marcou as árvores pelas quais passou. Debalde afia a vista, não encontra as marcas. A insegurança sobe pelas paredes da garganta e escapole:

– Acho que estamos nos afastando da capoeira.

– Não se vamos no sentido oposto ao que diz que vieram.

O argumento ainda que fraco a reconforta. Pois mesmo ela sendo uma exímia caçadora, destrinchadora de ciladas e suportadora de torturas, a verdade é que mal aguenta viajar sem ter com quem falar. Xuru canta de vez em quando, mas não interage; e a menina de franja segue mais muda que um palmito. O único capaz de conversar é o Grande Jaguar. Sem ser loquaz, responde às perguntas que ela formula e não se exime de emitir opiniões.

– Não disse que vieram de poente pra nascente?

– Viemos.

– Então...

Pelo meio da tarde, confiando no ângulo em que apostou com relação ao poente, o tronco reto de uma seringueira brinda U'Yara com a aparição de um risco, cujo traçado semelhante ao *g* do alfabeto atual lhe perfura as retinas, vara o cérebro, cai na espinha, trava as pernas e faz exclamar:

– A insígnia og!

Grande Jaguar examina a incisão por onde o látex sora. Deposita a carga no chão. Aí, com berros de chefe e gestos de mandante, consegue que Xuru e a menina se sentem recostados na árvore de eixo retilíneo.

– Pra descansar e repor forças – justifica, como se a criança e o porta-voz que o obedeceram cobrassem explicações. – Daqui para a frente, basta que sigam as árvores marcadas – acrescenta –, não precisam de mim.

Seu olhar esbarra no de U'Yara, para quem dirigiu a última frase, instante em que ambos se interrogam por telepatia: "Agora como vai ser?".

Chegaram a um ponto em que a solução de um problema convoca outro. Em que achar um caminho implica perder um acompanhante.

– Bem... – suspira U'Yara num misto de alívio e apreensão.

Senta-se à terra, estica as pernas, reclina-se para trás, apoiando-se nos braços.

– Vou ficando por aqui – completa o que combinou de escoltá-la até que ela achasse o caminho dela, quando ele então tomaria o dele para onde fosse.

– Estou com fome – desconversa U'Yara, dando-se um tempo.

Minutos depois seus dentes rasgam nacos do peixe que trouxeram na matalotagem. A secura do alimento lhe resseca a boca que ela então molha com um gole de água e uns sapotis colhidos recentemente.

Peixe, água e sapotis contentam igualmente Xuru, que não reluta um segundo em forrar o estômago. Já a inapetência da menina de franja choca e apavora.

– Desse jeito não vai longe.

– Precisa urgente de uma liteira e uma curandeira.

– Carregar a gente carrega, quanto a isso...

– E curandeira que lhe dê um fortificante? Não se alimentar, a essa altura, é o pior sinal que pode haver, pior que isso só...

– Dar de cara com Murumu, Mbutiá e Maka'Xera.

U'Yara joga o torso para a frente, esfrega as pernas e pergunta:

– Quem te falou nelas?

– Você, ué, me contando a tua infância. Esquece que não tem feito outra coisa? Andar demais, e ainda falando, leva a pessoa a esquecer muito do que diz.

– Hoje falei bastante sobre mim, não nego. Mas não, de que eu me lembre, nas filhas da regente. Enfim... – pausa, olhar fixo num calango que xereta o farnel das provisões – as pestes se arrependeram e foram cumprir pena de degredo nos cafundós dos demônios. Nunca mais soube delas.

– Na aldeia maué garanto que não apareceram – informa Grande Jaguar arqueando os supercílios sobre olhos amendoados, pupilas pretas como todas são, íris cambiando de pardo a oliva, a jade, a musgo.

– Nem nunca voltaram à capoeira – torna U'Yara. – Lá, que eu saiba, só ficou meu pai, que se chama Jeni'Pap, minha mãe de criação, que se chama Tipi'Og, uns doentes terminais, uns ogos medrosos, umas amas de leite e um bando de crianças, ou seja, um povo desse tamanho – ilustra o tamanho aproximando indicador e polegar –, o que facilita reformar a tribo e tirar os ogos do segundo plano.

– Não entendi...

Ela estufa o peito e, como nos tempos áureos de Xuru, pede-lhe:

– Recita aí meu código, por favor.

Por algum mecanismo atávico de subserviência, Xuru recita tim-tim por tim-tim o código de U'Yara, a qual, logo que a récita termina, proclama entusiasmada:

– Há males que vêm para bem! Com a tribo reduzida a quase nada, e ainda composta por maioria de crianças, terei condições de aplicar minhas leis, ou melhor, condições de assegurar que os ogos cresçam indo à escola, como as ogas sempre foram.

– Não sobraram ogas apegadas à ordem antiga?

– Tss, um número insignificante.

– Varredores, catadores, ogos tradicionais?

– Tradicionais ou não – torna U'Yara, indicando com o queixo o porta-voz que, após recitar, recostou-se na seringueira –, os ogos adultos que sobraram são na maioria supersticiosos e ignorantes, situação que pretendo mudar do barro para a cerâmica, educando eu mesma a jovem geração. Raros ogos são capazes de compor cantos como Xuru, que antes da guerra pelo guaraná era um ótimo colaborador. Sim – afirma, o olhar sem alvo, como se discursasse para si. – Com a velha guarda no beleléu, o terreno da capoeira está limpo pra que eu plante uma nova era de prosperidade tribal. Plantarei um sistema de confiança nos instintos moderados pela razão e temperados por justiça e tolerância – pausa, focalizando aquele a quem fala. – E você, Grande Jaguar, pode me ajudar a espalhar as sementes novas, mostrando que os ogos valem tanto quanto as ogas, apesar das diferenças, ou dando aulas sobre os costumes maués, ou cuidando...

– De não atrapalhar tua união com Xuru.

– Bem, ele só será meu consorte se além de recitar o que sabe de cor voltar a trocar ideias comigo, do contrário, nem porta-voz seguirá sendo. Você, na fase atual, talvez me seja mais útil. Pronto, desentalei o caroço da goela: gostaria que me auxiliasse na reconstrução do meu povo pelo período de dois verões.

Em troca da proposta, obtém um sorriso triste e a recomendação de que *vá devagar com a pajelança*, decerto um ditado maué. O que assim falou acrescenta, subindo num cacaueiro cujo tronco desde baixo se bifurca:

– Hoje não dou mais um passo.

U'Yara com isso considera a tarde finda.

Dormindo um sono irregular, daqueles em que a mente mergulha na inconsciência e emerge na esfera da lucidez, sonha que um ogo a fita com a expressão embevecida de quem contempla o Sol se pondo com penduricalhos de ouro. Aí, por apreciar que a admirem, ela se põe a admirar seu admirador. O encanto recíproco se prolonga, até que ela acorda sob seu impacto e o interpreta como um aviso das deusas a respeito do seu destino. Um aviso em forma de charada que lhe cabe desvendar. Nessa cisma readormece e torna a sonhar que o ogo a contempla como a um esfuziante pôr de sol. Durante a extensão do sonho, o ogo a fita e nada mais. Da mesma forma, aliás, que ela não tira os olhos dele. Sonho maçante. E põe maçante nisso. "Queria sonhar com minha tribo prosperando", resmunga, meio dormindo meio não. "Tem graça sonhar com alguém que me olha sem parar?"

Sonhar duas vezes com a mesma pessoa sempre a deixa cabreira. Ainda mais que o ogo em causa desperta nela uma vaga e soterrada lembrança. Imagina, de início, que se trate de um ogo anônimo, cuja fisionomia a memória encafurnou no recôndito e o sonho trouxe à tona, imbuído de um olhar amante. Ela não será, de resto, a primeira nem a última rainha a sonhar com a admiração dos súditos. Nessa reflexão cruza os braços sob a nuca e perde o sono.

A mata dorme como uma sentinela relapsa. Ela, como alguém que hoje cochilasse na antessala de um consultório médico.

Umedece os olhos, piscando a intervalos espaçados, quando o breu da noite esmaece e a penumbra cinza-fumo que a sucede começa a ganhar transparências. À noite todos os gatos são pardos, mas no silêncio da aurora contrastes ganham forma num processo irreversível que a leva a associar o vulto do ogo que seu inconsciente projetou na consciência ao nítido nome de Mandi'Og.

"Mandi'Og!"

Ele e não outro a contemplava no sonho. Entre a imagem que retinha do amigo de infância e a do ogo adulto com o qual sonhou houve um hiato visual. Uma lacuna que a inteligência humana anterior à invenção da fotografia não tinha como preencher. Lembrava-se de Mandi'Og menino e o viu homem, respondendo pela alcunha de Grande Jaguar.

As aves farfalham buliçosas, indo e vindo de seus ninhos. Sopros de brisa, expedidos de um longe andino, arrepiam os pelos das lianas.

O sol brando e a certeza de estar no caminho certo animam a rainha. Bem como saber que o ogo do sonho a acompanha.

Tão logo consegue mobilizar Xuru e a menina, ela e sua comitiva entabulam marcha no sentido das marcas que a tropa imprimiu na selva quando abriu carreiro. São marcas como solo batido, pisoteado e revolto; caroços cuspidos, cacos e dejetos; são tangas, colares e prende-peitos abandonados; são galerias cortadas em trechos de vegetação densa; é a estratégica insígnia og inscrita na casca dos troncos, a intervalos regulares e constantes.

Pois bem, os quatro caminhantes andam quietos a manhã toda e parte da tarde.

Andando estão, quando Xuru estaca e se curva para a frente, numa atitude de quem inspeciona um objeto ao chão.

– O que foi? – sonda U'Yara, matando com um tapa o borrachudo que a importunava ao cotovelo. – Machucou-se?

Xuru, algo a seus pés absorvendo-o como um ímã, apoia as mãos nos joelhos. U'Yara se aproxima, examina o ponto e, vendo apenas um resto de samambaiaçu semimetido no solo marrom, torna a sondar:

– O que tem que não vejo nada?

– Tem um toco – diz Xuru.

– Toco onde? – intromete-se o de carga nas costas.

– No meio do caminho – responde Xuru.

– Grande coisa! – torna aquele, encenando para U'Yara uma mímica que insinua: "Esse aí *já era* como porta-voz...".

Colhe o pedaço de xaxim e o arremessa longe.

– Tinha um toco – fala Xuru, endireitando-se e arrancando da menina de franja uma concordância muda.

– Tocos no caminho! Seria de espantar que não houvesse! – deblatera o que banca o espírito de porco, enquanto U'Yara não o cala com um *Sht*! e faz ver:

– É a primeira vez que a menina se manifesta desde que a encontrei. O tal toco mexeu com ela, não percebe?

– Dois loucos se completam.

– *Sht*! Repara...

Xuru e a menina repõem-se a andar lado a lado.

– Nunca me esquecerei – diz Xuru – de que no meio do caminho...

– Tinha um toco como milhões de outros! – zomba o maué que nasceu ogo e não suspeita de que U'Yara tenha desvendado sua origem.

No limite da fadiga, a menina de franja pede colo.

U'Yara a carrega sem se fazer de rogada. "Falou comigo de pura exaustão", elucubra. Por um lado, alegra-se prevendo: "Em breve estará papagaiando pelas tripas de Murumu". Por outro, preocupa-se: "Carregá-la direto vai ser difícil". Não basta que reduza o passo a modo de aguentá-la. A criança tem de colaborar, firmando as mãozinhas em seu pescoço, encaixando as pernas em seus quadris. Por isso, quando adormece, a dificuldade de transportá-la aumenta. O corpo molengo como o de uma rã sem vértebra beira escorregar colo abaixo.

Sensível ao esforço que U'Yara despende para carregar a menina dormindo e manter o passo, Grande Jaguar acusa Xuru de se esquivar de labuta.

– Por que não carrega a menina? – pergunta.

Supõe que Xuru o ignore a troco de um toco insignificante.

– Devia tratar de ser útil – insiste sem consequência.

U'Yara não pode desperdiçar energia conversando. Segue em frente com persistência e vagar, a mente ocupada em contar jacarés para se distrair.

Conta um número considerável antes de sentir que se aferra a um organismo cuja frieza a contamina, alardeando que ela se esfalfa por quem parou de funcionar. Parou de funcionar sem estertor. U'Yara pelo menos não notou. Contando jacarés não notou. Ou achou demais que duas crianças lhe morressem nos braços, num espaço de três sóis, e não quis acreditar no fato.

– Não, não, não, nããão...! – berra de murchar os brônquios.

De cambulhada desmorona, larga a menina num repelão, rola até aplastar o dorso no chão, resfolegando. Permanece atônita um instante, alheia aos ciscos que lhe aderem à pele. Por fim extravasa, o olhar a prumo perquirindo o céu:

– Por quê? Por quê? Por quê? Se a pobre escapou da guerra só pra morrer pouco depois, que morresse logo com todo o mundo e me arrasasse menos! Eu pensando que tinha escapado da matança pra preservar na selva o sangue maué! Que tola eu fui!

– Calma, U'Yara, isso de entender a função da gente na selva... – intervém Grande Jaguar sem terminar a frase. – Qual a função de Xuru agora? – provoca. – Perseguir borboletas?

Cobrem de ramos a menina de franja. Dedicam-lhe horas de luto choroso, seguido de recolhimento. A tardinha desbota com o crescer da noite. Manchas borram o esplendor da Lua.

Um travo amargo azeda o paladar de U'Yara, subindo e descendo entre a mucosa da boca e o estômago, como nos animais ruminantes. Uma erva comestível que ela resolveu mastigar, confiando em suas virtudes sedativas, estragou-lhe a digestão. Transmitiu-lhe um torpor de proporções incontornáveis. Derrubou-a em suma, tornando-a imprestável para nada mais do que se aboletar na rede que o único membro diligente do grupo armou e forrou de palmas para que ela ali se refugie, sue, transpire e se livre da gosma que a intoxicou.

A sensação de fraqueza a acachapa a ponto de torná-la indiferente aos estímulos que a cercam. Curtindo a fossa em que caiu, pouco se dá de apodrecer e virar adubo ou o que Flora e Fauna decidirem que vire. Com o entusiasmo abaixo da crosta terrestre, não se importa com mais nada. Nem que o espectro da malária a ronde, por exemplo, ardendo por cantar vitória. Dá-lhe boas-vindas, esquecida dos planos que pretendia concretizar antes de partir da selva para melhor.

Não se acha tão letárgica, contudo, que não se espante de ouvir aflorar na voz cálida e inconfundível de Xuru, o obstinado:

– *Eu amo a noite solitária e muda...*

"O começo de um velho canto oguiano", diz-se ela, a capacidade de estabelecer conexões emergindo do mal-estar que a anulava.

– *Amo a doce mudez que ela derrama...* – Xuru prossegue, numa cadência untuosa e envolvente.

U'Yara suspira. Também ama a noite silenciosa e calma. A mudez que adoça o vozerio dos grilos. A escuridão amiga das corujas, dos morcegos, dos sapos, das capivaras. As trevas que inundam a selva e que migalhas de luar amenizam, arrastando aromas que dão asas à imaginação e fazem o espírito bailar no ar como bailam véus de sereno antes de se tornarem orvalho.

– No meio do caminho tinha um toco.

"Ah, Xuru, você não completa uma ideia!", rompe no íntimo a decepção, emendando ferina: "Muda o clima do que diz como os papagaios vomitam falas soltas! Queiram as deusas que haja conserto pra ti!".

Não há mais embaraço de azia nem criança. Há três pedestres que percorrem, de enfiada, extensão bastante a rachar os pés de um paquiderme.

Ainda que conte jacarés na cabeça enquanto as pernas não param de andar, U'Yara não se livra de refletir que a expedição pelo guaraná foi uma insensatez sem tamanho. Onde já se viu uma rainha og excursionar com a tribo em penca, sem norte, nem prazo, nem limites prévios para a errância?

Voltar pela rota que a tribo abriu lhe parece mais árduo do que quando a abriram propriamente. Porque, antes, o prazer de desbravar a movia, reduzindo aos olhos dos seus integrantes os obstáculos e as distâncias a transpor. Agora, os rastros da tropa que bela manhã partiu eufórica para se expandir e, em vez disso, se imolou, são dentes que a mordem e dilaceram. Sangra pelos poros ao cruzar caminho com a menor cuia, o menor artefato og no abandono. Desconfia de que o sangue que lhe corre nas veias se regenera, pois não se esgota.

"O sonho encurta caminho, a desilusão aumenta", remói consigo a conclusão a que chegou. Remoer cansa menos do que falar. Numa fase em que o cansaço e a morte se cortejam, a única opção de vida que julga viável é se poupar. Poupar as reservas de energia física e mental que a marcha interminável drena. Externar cá e lá um mero *ahn*... em nome do esqueleto moído; exsudar os vapores da ardência nos pulmões; enxotar insetos; esmagar os que se grudam no suor como num visgo.

A julgar pelo silêncio que mantêm há horas, os companheiros de aventura também se poupam. O auge do Sol é implacável. Tira água do corpo e não repõe. Xuru, U'Yara e o que se nomeou Grande Jaguar, todos se concentram em palmilhar terreno. Trocas de olhares, avisos, acenos, reduziram-se ao estritamente necessário. De maneira que os três vão a um tempo juntos e sem saber onde está o pensamento de cada qual. Pior que não pararam de conversar porque combinaram entre si. Xuru em nenhum momento foi proibido de cantar. Tampouco desativaram as línguas por falta de assunto e, sim, por instinto de sobrevivência.

Na cabaça que trouxeram, a provisão de água está a míseros goles de acabar. Motivo a mais para não gastarem saliva tagarelando.

Escurecendo, acampam. Como eles, os pássaros se calam ao ouvir o uirapuru cantar como um tenor. Quem ouve o canto desse pássaro, diz a lenda, terá felicidade para sempre. U'Yara não põe fé.

Agora, pelo menos, as sombras sobem e tudo se refresca. Sapotis sucosos enganam os rins e umedecem a boca, mas não suprimem o cansaço nem incitam seres extenuados a fazer serão confabulando. "Dormir e não acordar é a melhor morte", U'Yara remói. Dá boa-noite aos que lhe dizem o mesmo, ainda que a noite seja a última.

A manhã nova condena o grupo ao insucesso quando um nítido borbulhar de corredeira o surpreende. Os caminhantes não tardam a divisar uma cascatinha espumando pelo desnível modesto de duas rochas tabulares. Jorra branca e se amansa verde antes de se alisar e enegrecer lustrosa ao empoçar num açude que adiante se afunila, virando ribeiro de pequeno caudal.

Exclamar "Estamos salvos!" exprimiria à perfeição o sentimento que invade os três, fazendo com que dentro de instantes eles se estendam à beira do líquido de coloração verde-musgo que mãos em concha tornam translúcido.

Depois de se abeberarem de água até matarem as sedes respectivas – U'Yara ao ponto de estufar a barriga –, tomam banho de cachoeira. Um de cada vez se perfila na junção das pedras em degrau e se coloca embaixo do salto, aguentando o impacto do jorro no cocuruto, cangote e ombros. O jato pinica como chuva de granizo, mas não é tão forte que machuque ou destronque.

A parte em que a água empoça, apesar de escura, dá pé aos três e não arrasta. Nela espadanam, mergulham, flutuam, refocilam-se feito bacorinhos na lama ou se estiram e se deixam estar como lagartos se bronzeando em cima de vitórias-régias, a de U'Yara forrada com penas de marreco.

O recreio não tarda a desanuviar a expressão dos três. Apaga as rugas que tinham na testa, os calombos de ansiedade entre as sobrancelhas, as olheiras que traíam seguidas noites maldormidas. Às bocas que se crispavam tensas, devolve a capacidade de se esticar como o látex para expressar alegria, o que lhes tira das costas alguns verões.

Enquanto Xuru sorri à toa, sem demonstrar para o que ou quem, se não for para o ruído da fonte ou o trinar dos pássaros, soa plena uma voz cujo dono pisca o olho ao perguntar com endereço certo:

– E aí?...

– Aí que me sinto renovada – responde U'Yara, ajustando o prende-peitos que o banho de cachoeira deslocou.

Ambos se medem com o olhar antes que o dele se desprenda e ele a puxe fora da água, ajeitando por sua vez a tanga na altura dos quadris.

– Ah não! – reclama U'Yara, supondo que seja para seguir caminho. – Hoje não dá mais! – garante, relutando em ser levada pelo punho.

Com firmeza de timoneiro, o outro a obriga a estugar o passo.

– O que é isso? – retesa-se ela, ao que ele investe:

– Por que finge que não me conhece?

A pergunta lanceta. Tanto que ela se acomoda ao andar dele como meio de adiar responder. Desconcerta-a o recado de que *ele sabe que ela sabe quem ele é*. Não se preparou para ser exposta assim. Preparou-se, pelo contrário, para despi-lo de subterfúgios quando bem quisesse e lhe conviesse, dona da situação.

– Hein, por que finge?

A cobrança faz que U'Yara se empine e arrisque displicente:

– Falou comigo?

O interlocutor susta a andada e a mira de esguelha, confirmando que sim.

U'Yara fecha os olhos e aspira fundo, prende o ar no peito, por fim expira devagar. O sangue nas têmporas lateja como se dois corações batessem ali. Os cabelos, apesar de curtos, gotejam pela nuca. Sacode-os e ajeita com a mão. Suga os lábios e os esconde entre os dentes, como se tentasse reter o choro. Uma comoção sem precedentes a inibe. Por mais que queira, não consegue proferir o nome "Mandi". Algo nela diz que não é o momento. O momento é de intuir que está perto da capoeira. A cascatinha, o céu, as árvores que a espreitam dizem que está perto do chão em que nasceu.

– Sinto cheiro de casa – desconversa e logo grita para Xuru: – Sai da água! Temos de aproveitar a claridade!

– Não disse que hoje não dava mais? – questiona o outro, soltando-a.

– Depressa, Xuru, pra gente chegar rápido!

O que a soltou ri pelas ventas, indicando que se impinge paciência e tolerância.

– Falando sério – torna ela, voz e postura senhoras de si.

Mal falou, uma pulsão a impele ao barranco que a põe no patamar de onde a cascatinha jorra. Descobre-se, então, não só na quina de um território alteado, em relação àquele em que a água empoça e vira ribeiro, como no meio de um socalco que domina um largo território rebaixado.

Dali avista um rústico manto de uniformidade interrompida por um furo, pouco antes do horizonte. Debaixo do manto, adivinha saguis balançando no arvoredo, sucuris rastejando indolentes, avencas efêmeras morando com perobeiras centenárias, paineiras ventrudas coabitando com estipes de carandá, samambaias de ramos tenros defendidas por jequitibás de folhas cascudas. Entretanto, furando esse tecido, um corte, um buraco, uma tonsura suspende os casamentos que a mata opulenta oficia. Examinando a falha, o pressentimento que a acometeu há instantes vira certeza e a faz bradar mais alto que o fragor da queda-d'água:

– Venham ver!

Os que a ouvem se juntam de pronto a ela.

– Olhem! – mostra.

– Aquela fenda ao longe?

– A capoeira og!

– A capoeira...! – exclama Xuru, quebrando o silêncio alarmante que vinha mantendo nos últimos tempos. Isso dito, agacha-se de maneira inesperada e se deita na pedra desconfortável, acrescentando: – Agora posso descansar.

– Não tem lugar melhor?

– Deixa. O melhor pra ele é diferente do da gente.

– Só se for...

– Mais um Sol de marcha e chegaremos!

– Acredito que sim.

– Eu bem sabia que ele ia voltar a falar.

– Xuru?

– É – responde U'Yara –, acontece que o espetáculo da reta final abalou o coitado. Eu mesma não sei se vou aguentar a parada... – revela, esboçando o gesto lasso de quem se dispõe a sentar praça no lugar onde está, qualquer que seja.

É quando obedece ao olhar que a escora e à autoridade do braço que a afasta de Xuru, dizendo:

– Aqui não.

VII

Irerês em bando lembram aviões voando em formação no propósito de abrilhantar um desfile militar. Com repique de tambor o coração de Jeni'Pap percute ansioso, prestes a rebentar uma artéria, quando o tom convicto de Tipi'Og o tranquiliza, assegurando:

– É ela!

A rainha og, sã e salva – conquanto magra, escalavrada, imunda e piolhenta. Picadas de mosquitos salpicam a pele envolta em espessa camada de cascão. Ainda assim é ela: U'Yara, voltando viva e andando.

A escassa população se aglomera em torno dos recém-chegados.

– Não acredito! – rompe Jeni'Pap abraçando a filha.

– Pois acredite. Acredite! – devolve U'Yara, retendo as lágrimas em favor da honra feminina.

– Valham-nos, Flora e Fauna! – louva o pai, pondo-se a arquejar com as mãos no peito. – Desse jeito tenho um colapso!

Tornam a se abraçar com efusão, uma, duas, três vezes. As crianças se abraçam entre si. Amas de leite, medrosos, doentes terminais que não terminaram, todo mundo se abraça com todo mundo, num delirante arroubo coletivo.

Puxando U'Yara à parte, Jeni'Pap pergunta desconfiado:

– Quem é este que eu abracei?

U'Yara torce os cantos da boca e lança um olhar de viés, como se não soubesse responder. Diverte-se em criar suspense, antes de anunciar sem manha:

– É o Mandi, ora! Quem haveria de ser?!

Ao ouvir ressoar o nome de Mandi e atestar sua presença, metade da assistência recua de assombro.

– Valham-nos! – resume Tipi'Og pelos que recuaram.

Jeni'Pap esquece o medo de engasgar das coronárias e torna a abraçar Mandi, que ele agora reconhece pelas íris de tonalidade furta-cor. Comparando-o com Xuru, que retribui sem empolgação os afagos que recebe, traz de novo a filha a si e lhe cochicha ao pé do ouvido:

– Fosse você, escolhia Mandi... Em vez desse porta-voz...

U'Yara, sorrindo, assente cúmplice, mas contida.

Pobre Xuru, os olhos fundos, melancólicos, feitos para contemplar o adejar das borboletas; coração sensível, inspirado e sonhador. Vale adiantar que nunca mais será o mesmo. A expedição pelo guaraná apagou a chama com que no auge do seu potencial ele espalhava canções instrutivas pela tribo. Na qualidade de porta-voz honorário, cargo que ocupará até morrer, espalhará no máximo uns decretos curtos e provérbios. Na cerimônia de casamento de U'Yara e Mandi (que não tardará a acontecer), cantará de improviso com brevidade misteriosa: *Via torta, lua morta, tua porta...* Canção tão breve e misteriosa que ficará gravada na memória og.

"Se na selva só vingarem os fortes e numerosos", pensa U'Yara no amanhã de sua volta, "estou mal arranjada com uma tribo capenga e em perigo de extinção."

Afinal, quem sobrou para ajudá-la a reerguer a nação?

De acordo com o censo demográfico que Mandi organiza num estalar de dedos, os dados populacionais desanimam. Ogos e ogas com saúde e capacidade de trabalho são artigos raros nas redondezas. Pelo grosso da capoeira predomina a velharia. Anciãs e anciões perambulam com as corcundas despejadas nos cajados. Doentes não largam a esteira. Manquitolas se arrastam carentes de atenções. Os varredores que sobram não chegam a dez e varrem o chão como a cara deles. Os catadores remanescentes perfazem um punhado de medrosos que catam piolhos às escondidas num punhado de desertoras reclusas, que não encaram ninguém. Morreram no parto um número expressivo de grávidas desde que as melhores curandeiras e operadoras partiram em expedição. De maneira que, por essas e outras causas, os nascimentos diminuíram. As crianças que representam o futuro da tribo – e não somam cem – correm, pulam, riem, choram, caçam joaninhas e tatus-bolas, mas, devido às escolas fechadas, bem como aos pais, mães, dançarinos e pesquisadoras que se foram e não voltaram, crescem largadas como mandioca. Sobra, bem entendido, o eficiente e esclarecido Jeni'Pap, pai de rainha e marido satisfeito da constante Tipi'Og. Sobra Xuru, ogo de talento poético-musical em fase menor de desempenho. Sobra Mandi, parceiro prestativo e confiável da soberana. Sobra, enfim, um clã frágil e indefeso no meio da imensa natureza.

– Tudo bem, estamos subpovoados, e daí? – questiona Mandi, tomando eflúvios de ar fresco em companhia da mulher e dos sogros no Palácio das Palhas. – Sem Murumu, Mbutiá e Maka'Xera no pedaço, isso aqui é a capoeira das delícias.

Jeni'Pap e Tipi'Og levantam as cuias abastecidas de suco de ubaia com um toque de cacau e respaldam o genro, brindando:

– À capoeira das delícias!

– Por falar em Murumu, que fim teve mesmo a generala Im'Bu?

– Morreu entalada com um cacho de bananas.

– Araru'Ta, boa de discurso, morreu como mesmo?

– Morreu com a boca infestada de formigas.

– A forte Sara'Rá? A veterana Tana'Yura?

– Morreram. Morreram, cansei de repetir.

– Morreram guerreiras como a selva não tornará a ver.

– Pode crer.

– Que tal criar um feriado para as finadas?

– Já pensei nisso...
– Para os finados também, não esquecer.

Tudo somado e subtraído, U'Yara chefiou uma tribo de modestas proporções.

Ogas e ogos de se contar nos dedos. Ogas sem essa de regalias e poderes exclusivos adquiridos por direito de nascença, como era no tempo em que apenas elas entravam para o exército e chegavam a generalas.

No empenho de se manter na mata, vale que chefiou uma comunidade unida, operosa e criativa, para cujo crescimento ela e Mandi colaboraram presenteando a selva com trigêmeas. Quem no íntimo desejou *hmn* quase caiu pra trás na noite de toró em que as oguinhas soltaram em fila *ais* centopeicos logo que foram dadas à luz cortante dos relâmpagos.

Das trigêmeas pouco se sabe, além de que foram três graciosas criaturas, igualmente chorosas ao primeiro sacolejo da existência; igualmente espertas e traquinas; igualmente amorosas, alegres e privilegiadíssimas, visto que a contrapelo da emancipação dos ogos e da vontade da mãe, deslizaram pela vida cercadas de manicuros, catadores e abanadores.

U'Yara, enfim, foi a rainha mais justa que houve na Amazônia, pela época em que os romanos dominavam o norte da África. Justa ao ponto de entender que se ela e Mandi tivessem um filho, este entraria na linha de sucessão ao trono. "Claro", explicava Mandi às trigêmeas, "há que temperar o feminino com a macheza". As trigêmeas, fascinadas pelas explicações paternas, esperaram verões a fio um irmão que, conluio das deusas ou dos demônios, não veio.

Consta que U'Yara não aumentou a prole depois que teve as

trigêmeas, porque parir três de uma vez sem anestesia nem analgésicos especiais esconjura à eternidade as gestações de uma mulher – rainha ou não. Tem também quem aposte que ela fechou a fábrica por vaidade e não por trauma de parto.

Sustentar verdades costuma gerar polêmicas, motivo pelo qual esta história acaba em reticências...

U'Yara, rainha amazona

Editora Saraiva

Margarida Patriota

Apreciando a Leitura

■ Bate-papo inicial

Já imaginou um lugar em que as mulheres governam o reino, enquanto os homens são considerados seres fracos, úteis apenas para serviços manuais? É nesse mundo que nasce U'Yara, cujo reinado buscará a igualdade de gêneros entre seu povo, a Tribo Og. Para isso, ela terá de suportar uma infância de maus-tratos, praticados por sua tia e madrinha, a regente dos ogs, Murumu'Xaua. Depois, aprenderá a lidar com os costumes e crenças de seu povo. *U'Yara, rainha amazona* é uma narrativa repleta de aventuras e bom humor, que trata do desejo profundo do ser humano por igualdade e também dos muitos entraves que nós, humanos, colocamos à realização desse desejo.

■ Analisando o texto

1. Na Tribo Og as mulheres é que estão no poder. Em qual crença as ogas se apoiavam para justificar seu poder? Como as ogas enxergavam os homens?

R.:____

____

____

2. O trecho seguinte fala dos conflitos vividos por U'Yara quando ela já é rainha:

"Não é a única dividida ali. No seu caso, dividida entre anseios pessoais e deveres públicos. Nota que a tribo também se sente dividida entre o desejo de agradá-la e o império de outro impulso." (p. 66)

Quais eram os dilemas que preocupavam U'Yara, além de seu desejo de modificar os costumes da tribo?

3. Como se desencadeia a guerra contra os maués? Qual era o ponto de vista de U'Yara?

R.:

4. Explique a oração destacada.

"O entrave talvez se chame Lei. A Grande Lei, de que a tribo se jacta de peito cheio. Talvez essa lei devesse ter o nome de ignorância. O nome não importa. **Importa que com poucas luas de reinado, [U'Yara] descobre enxergar verde o que sua gente enxerga rosa.**" (p. 66)

Sobre a autora

Moreira Mariz/Agência Senado

Desde que comecei a escrever ficção para jovens, sempre tive vontade de colocar em cena uma heroína imaginária no modelo dos heróis dos antigos romances de aventuras. Por isso, em vez de me animar em criar um Príncipe Valente que combatesse dragões numa erma floresta de frios polares, investi na criação de uma Princesa Valente nos calores tropicais, e uma que ao cabo de numerosas provações levaria sua gente a um novo destino. Em que paragem do Orbe? Por que não, pensei comigo, na imensa floresta onde o aventureiro e explorador seiscentista Francisco de Orellana se defrontou (diz a lenda) com mulheres "guerreiras" que remetem às amazonas da mitologia grega clássica? Meu ponto de partida seria um povo desse gigantesco mundo selvagem, à espera da rainha eleita para liderá-lo.

O projeto me envolveu por vários motivos. De um lado, por me permitir lidar literariamente com temas na ordem do dia: emancipação feminina, reavaliação dos papéis sexuais, determinismos de gênero, igualdade de direitos, questões que me instigam e que eu gosto de tratar com boa dose de humor, como fiz na novela infantojuvenil A guerra das sabidas contra os atletas vagais, também editada pela Saraiva na Coleção Jabuti. De outro lado, por me permitir, ademais, expressar minhas afinidades com os desejos e dúvidas da personagem central.

Além de escrever ensaios, novelas, contos e livros para jovens, fui professora na Universidade de Brasília, de 1976 a 2003, e comando, desde 1997, o programa Autores e Livros, da Rádio Senado, por acreditar muito no poder transformador da literatura.

Margarida Patriota

Sobre a ilustradora

Arquivo pessoal

Nasci e estudei Artes Plásticas em Buenos Aires, Argentina. Com 24 anos vim morar em São Paulo, onde tenho meu ateliê de bonecos e esculturas de papel machê.

Às vezes gosto de ilustrar com recortes de papelão, sucatas e elementos com relevo e texturas. Dessa forma, meu trabalho de escultura é transportado até o livro. Participei de duas exposições da primeira Mostra de Arte Contemporânea em Literatura Infantil, em Brasília e em São Paulo, com originais que usam essa técnica de relevo.

Para ilustrar *U'Yara, rainha amazona* usei a técnica de desenho com lápis grafite e passeei pela mata amazônica da corajosa U'Yara no seu trajeto de menina a guerreira e, por fim, rainha. Pesquisei sobre a flora e a fauna da Amazônia e soube que as vitórias-régias alcançam tamanhos tão grandes que suportam o peso de uma criança.

Na infância, antes de dormir, ouvia meu pai contar histórias de aventuras, fantasiava com os personagens e a imaginação voava... Acho que isso fez com que eu tomasse o gosto pela literatura infantojuvenil e por contar através de imagens.

Juliana Bollini